흙에 발 담그면
나도 나무가 될까

식물세밀화가 정경하의
사계절 식물일기

글·그림 정경하

여름의서재

prologue

오늘도 나는
숲으로 간다

지금 내가 살고 있는 곳은 숲으로 둘러싸인 작고 조용한 시골 마을이다. 이 마을은 내가 태어난 곳이기도 하다. 세 살 때 부모님을 따라 이곳을 떠나 쭉 도시에서 살다가 서른 살쯤 다시 고향으로 돌아왔다.

그때의 나는 도시에서의 삶에 하루하루 많이 지쳐가고 있었다. 몸과 마음이 아프기 시작했다. 그러다 허리디스크로 갑자기 하루아침에 아무 일도 할 수 없는 상황이 되었다. 그때 지친 몸과 마음을 회복하기 위해 내가 선택한 것은 도시에서 시골로 삶의 자리를 옮기는 것이었다.

어릴 때부터 마당이 있는 작은 시골집에 살고 싶은 꿈이 있었는데 정작 그 꿈은 아무것도 할 수 없을 만큼 아플 때 이루어졌다. 잠시 하던 일을 멈추고 쉴 수밖에 없었던 그때가 바로 꿈을 이루게 된 순간이었다.

이곳에 내려와서 내가 할 수 있는 일이라곤 운동 삼아 숲길을 천천히 걷는 일뿐이었다. 천천히 걷다 보니 숲에서 만나는 사계절을 온전히, 더 세밀하게 바라보게 되었다. 새순이 돋아나는 순간부터 꽃 피고 열매 맺는 순간까지 식물의 작은 변화에도 매일 감탄하며 지내다 문득 그 감동의 순간들을 그리고 싶은 마음이 들기 시작했다.

하루하루 시간이 지나면서 나의 그림은 어느새 식물 그림으로 바뀌어 있었다. 내 마음속 어딘가에 씨앗처럼 자리했던 초록 세포가 위기의 순간, 나를 초록의 숲으로 데려다주었다. 그리고 이 숲에 뿌리내리고 자라도록 도와주었다. 식물의 초록빛은 식물만 키워낸 것이 아니라 시들었던 나의 마음도 싱그럽게 되살아나게 해주었다.

작은 마당에 앉아 쏟아지는 별 바라보기, 숲에 부는 바람 소리에 귀 기울이기, 계절 따라 피고 지는 꽃들과 마주하기, 시냇물 소리 듣기…. 그 밖에도 수많은 숲의 생명들과 함께하는 순간들이 나에겐 모두 선물 같았다.

도시든 시골이든 우리가 사는 곳 어디에나 그 마을 가까이엔 숲이 있다. 우리 주변의 가까운 숲을 '나만의 숲'으로 삼아 자연의 아름다운 순간들, 자연의 사계절을 더 가까이 느끼며 그들이 들려주는 이야기에 귀 기울여보면 어떨까.

숲은 삶의 지혜를 알려주는 스승이 되어주기도 하고 가장 다정한 친구가 되어주기도 한다. 행복은 멀리 있지 않다고 숲에 깃든 모든 생명이 매일 내게 말해주는 듯하다. 지쳐 있던 내게 다시 살아갈 힘을 준 숲의 위로가 여러분에게도 전해지길 바라본다.

이 책에는 나를 따뜻하게 품어준 숲과 들풀들, 그리고 우리 집 화단의 식물들과의 하루가 글과 그림으로 담겨 있다. 선물을 풀어보듯 설레는 마음으로 마주하는 숲의 하루를 함께 나눌 수 있기를 바라며 오늘도 나는 숲으로 간다.

2024년 봄,

정경하

3. 여름

4. 가을

1

겨울
Winter

흙에 발 담그면 나도 나무가 될까

느티나무

나의 숲속 꽃밭에는 500년 넘게 살아온 느티나무가 있었다. 여러 명이 손을 이어 잡고 안아야 할 만큼 커다란 몸집의 느티나무 앞에 설 때면 늘 몇 가지 궁금한 게 생겼다. 한곳에 뿌리를 내리고 500년을 살아간다는 건 어떤 느낌일까. 나무도 성큼성큼 걸어서 먼 여행을 떠나고 싶어하지 않을까. 오랜 세월 꼼짝하지 않고 서 있다는 게 지루하지는 않을까. 나무 앞에 서서 그 세월을 어떤 마음으로 살아왔을까 상상해보곤 했다.

숲속 느티나무와 마주한 지도 벌써 16년이 되어간다. 그 시간 동안 나도 이 숲에 오래도록 머물게 되었다. 나무처럼 뿌리가 땅에 고정된 것은 아니지만 늘 같은 곳을 걷고 같은 곳에서 쉬어가며 느티나무와 함께 보내게 되었다.

느티나무를 처음 만난 건 이곳이 부모님의 농사짓는 깨밭이었을 때다. 그 당시 나는 허리가 많이 아파서 일상생활이 힘들어진 상태라 엄마의 권유로 서울에서 시골로 거처를 옮기게 되었다. 그때 나는 일러스트 작업을 하느라 늘 마감에 쫓기며 책상 앞에 오래도록 앉아 있었고 마음속에 생각이 채워지는 속도보다 빨리 나를 소비하느라 지쳐가고 있었다.

책상에 머무는 시간이 많아질수록 진짜 내 삶을 살고 있는지 의문이 들기 시작했다. 그림을 그리는 것이 내 삶의 중요한 부분이긴 하지만 계절의 흐름도 온전히 느끼지 못할 만큼 바쁘게 사는 게 진짜 삶처럼 느껴지지 않았다. 나의 하루가 책상에서 시작해서 책상에서 끝나는 날이 반복되던 어느 날 문득 책상이 너무 좁게 느껴졌다. 그때쯤 몸이 잠시 쉬어가라고, 온전한 하루를 살아보라는 듯 신호를 보냈다. 아파서 쉬어가게 된 그때가 새로운 삶의 시작이었음을 그땐 알지 못했다. 건강이 회복되면 다시 예전처럼 일러스트를 그리며 살아가리라 생각했다. 그때까지 잠시 쉬면서 책상 밖의 세상을 만나야겠다고 마음먹었다.

꽃이 내게 말을 걸어온 건 그때였다. 온통 숲으로 둘러싸인 이곳에서 하루하루 마주하는 식물들이 어느 날 내게 '나를 그려봐'라고 말을 걸어왔다. 이곳에서 지내며 보아온 꽃들을 그리면서 화려하고 다채로운 자연의 선과 색을 매일 만난다면 그림을 그리는 나에게도 큰 즐거움이 되리라 생각했다.

그렇게 시작한 식물 그림은 나를 한 걸음씩 더 숲으로 데려가주었다. 그림을 그리며 그 식물을 알아가고 계절 따라 변해가는 식물의 한 해를 가까이서 지켜보며 식물의 삶이 사람의 삶과 아주 많이 닮아 있음을 알게 되었다.

식물의 한해살이는 마치 사람의 인생을 일 년으로 압축한 듯 매해 같은 이야기를 지치지도 않고 담담하게 전해준다. 봄, 여름, 가을, 겨울. 식물은 정해진 순서대로 머뭇거림 없이 때를 따라 변화한다. 싱그러웠던 봄을, 화려했던 여름을, 풍성했던 가을을 씩씩하게 살아낸 식물들은 그중 가장 좋았던 때를 움켜쥐고 다가오는 겨울을 무서워하거나 피하지 않는다. 겨울을 잘 이겨내고 다시 주어진 날들을 살아간다. 그날들을 그림으로 그리며 함께 살아오는 동안 식물의 시간과 나의 시간이 자연스럽게 같이 흘러가고 있음을 느끼게 되었다.
자연의 시간과 함께 사는 것이 사람에게 가장 자연스러운 일이라는 생각이 든다. 이렇게 나는 숲에서 새롭게 나의 시간들을 다시 조정하게 되었고 지금의 삶을 하루하루 온전히 살아가고 있음을 느낀다.

숲에는 많은 생명들이 함께 살아간다. 그 많은 생명들 중에 이제 나도 하나의 존재로 그들과 함께 살아가게 되었다.
한자리에서 500년 넘게 살아온 느티나무는 이 숲에 있던 많은 생명들의 이야기를 알고 있다. 그 많은 이야기 중 나의 이야기도 더해지면 좋겠다. 느티나무에게 남은 긴 시간 중 늘 느티나무를 찾아와 생각에 잠기곤 하던 사람 하나쯤으로 나를 기억해도 좋을 듯하다. 나뭇잎에 살던 곤충들처럼, 아주 작은 청개구리처럼, 잠시 쉬어가던 수많은 새들처럼, 함께 살아간 사람으로 기억되면 좋겠다.

오랜 시간 뿌리내리고 이 숲에 살아온 느티나무처럼 나도 숲에 들어선 순간부터 조금씩 이곳에 뿌리내려 살아왔던 건 아닐까. 한곳에 오래 머문다는 건 결코 지루한 일이 아니라는 걸 이 숲에 들어서서야 비로소 알게 되었다.

느티나무는 여전히 봄마다 새잎을 피워낸다. 아주 작은 꽃들을 피워내고 열매를 맺는다. 그 열매는 가지째 매달려 잎을 날개 삼아 바람의 도움으로 먼 여행을 떠난다. 비행을 마친 느티나무의 씨앗은 새롭게 내려앉은 땅 위에 다시 뿌리내리고 또 다른 삶을 준비한다.

나무는 자신의 크기만큼 뿌리도 키워낸다. 약한 뿌리로는 아름드리나무를 키워낼 수 없다. 튼튼하게 뿌리내린 느티나무처럼 나도 이곳에서 자연과 함께하는 삶을 누리려 한다. 그리고 이곳에서 깊이 뿌리를 내리고 무성한 잎과 꽃을 피워내고 열매 맺는 삶을 살아가고 싶다.

겨울은 늘 봄을 향해 걷는다

겨울눈

새순이 나올 때의 연초록 나무는 얼마나 싱그러운지 바람에 살랑이는 나뭇잎 따라 내 마음도 연초록으로 물든다. 진초록의 나뭇잎이 파란 하늘을 뒤덮도록 울창해지면 온 세상은 여름의 진초록으로 가득하다. 나무를 키워낸 초록이 조용히 퇴장하는 가을이 오면 처음으로 제 빛깔을 한 잎들이 가을을 물들인다. 그렇게 숨 가쁘게 달려온 나무에게 겨울이라는 쉼표의 계절이 돌아왔다.

코끝 시린 바람에 두꺼운 겨울옷으로 무장하고 겨울숲을 걷는다. 싱그러운 잎을 모두 떨군 나무는 앙상한 모습으로 나를 맞는다. 겨울이 오기 전 수분 공급을 서서히 줄여나가는 나무는 아주 적은 양의 수분만 남긴 채 겨울을 맞는다. 그렇지 않으면 나무는 급

격히 추워진 날씨 탓에 물관이 터져버리고 만다. 물관이 고장 난 나무는 더 이상 살아가기 힘들어진다. 멋쟁이였던 옛 모습은 온데간데없이 사라지고 생명을 지키기 위해 온 잎을 떨구고 앙상한 가지만 남긴 채 고요해진 나무의 결단에 숙연해진다.

화사한 꽃이 피는 봄과 단풍이 아름다운 가을, 사람들은 삼삼오오 꽃놀이와 단풍놀이를 떠난다. 그런데 겨울엔 겨울나무를 만나러 일부러 길을 나서는 사람은 식물과 관련된 일을 하는 사람들 말고는 많지 않을 듯하다.

식물세밀화가에게 겨울은 또 다른 나무의 모습을 관찰하는 아주 귀한 시간이다. 잎이 떨어진 자리의 모양과 물관과 체관의 개수, 겨울눈의 모습, 수피 등 겨울에도 관찰하고 그릴 것이 많다. 겨울 찬바람에 꽁꽁 무장을 해도 숲길을 천천히 걷는 일은 추위와의 싸움이기도 하다. 그래도 나무를 더 깊이 만나고 이해할 수 있다면 이런 추위쯤은 견딜 수 있다.

꽃도 잎도 없는 앙상한 가지엔 봄을 기다리는 겨울눈들이 있다. 다양한 겨울눈의 모습을 가까이 관찰하며 추운 겨울을 나는 나무의 모습에 감탄하게 된다. 목련처럼 두꺼운 털 코트를 입은 겨울눈들이 있는가 하면 왁스를 칠한 듯 매끈한 모습으로 추위로부터 눈을 보호하는 나무도 있다. 아예 나뭇가지 속에 겨울눈을 숨겨놓거나 마른 잎을 그대로 달고 잎자루로 겨울눈을 보호하는 나무도 있다. 나무들이 겨울눈을 보호하는 방법도 제각각이다. 자신에게 맞는 방법으로 겨울을 나는 모습이 놀랍기만 하다.

낙엽 지는 계절, 겨울나무들은 다른 계절의 나무처럼 잎을 내지 않아도 되고 가지를 늘리지 않아도 된다. 분주한 일상에서 한발 물러난 대신 또 다른 중요한 임무가 주어졌다. 바로 살아 있기. 이 겨울 무사히 살아남아 봄을 맞는 것, 그것이 겨울나무에게 주어진 중요한 임무다.
엄살 없이 덤덤히 겨울을 받아들이는 나무의 모습이 나는 좋다. 나무는 분명 '멋'을 아는 존재임이 분명하다.

겨울눈은 겨울에 만들어지지 않는다. 잎이 돋아나고 몇 주 후 일찌감치 꽃눈과 잎눈 그리고 꽃과 잎이 함께 들어 있는 혼합눈을 만들어 다가올 겨울을 준비한다. 그 꼭 다문 겨울눈 속엔 이미 만들어진 꽃과 잎이 꼬깃꼬깃 몸을 접은 채 숨죽이며 겨울잠을 잔다. 봄이 되어 꽃이 필 땐 기지개를 피듯 개운한 모습이다. 나무는 이 봄이 지나갈 것을 알며 다시 새로운 봄이 올 것을 안다. 그사이 꼭 만나게 될 겨울도 마주할 준비가 되어 있다. 겨울숲에 들어서면 마음은 고요해지지만 숲은 언제나 치열하다.

겨울나무는 군더더기 없이 자신을 비운다. 앙상한 겨울나무처럼 앙상했던 나의 몇 번의 겨울도 나답게 살아가기 위해 불필요한 것들을 떨구는 시간이 되어주었다. 꽃도 피워보고 열매도 맺어보고 가지를 늘려가며 살다가도 꽃이 지고 열매도 떠나가고 가지가 꺾이기도 하며 또 다른 겨울을 맞는다. 때론 외부가 아닌 스스로 가지치기를 해야 할 때도 있다. 겨울은 언제나 혹독하지만 지나온 겨울을 그저 힘들었다고만 말할 수 있을까. 그 시간을 통해 잠시 쉬어가기도 하고 다시 새 힘을 얻기도 하며 나로 살아가는 법을 배운 시간이었으니 말이다.

겨울인데도 봄날처럼 따뜻한 날이 며칠 있다. 두꺼운 겨울 외투를 오래 입고 있으면 빨리 가벼운 봄옷을 입고 싶어 몇 주를 못 참고 서둘러 외투를 벗어던지게 된다. 그러면 꼭 감기가 찾아오듯 겨울나무도 그 잠깐의 봄 날씨에 속아 뿌리로 물을 끌어올리기라도 하면 다시 추워진 날씨에 나무의 물관이 터져버릴 수도 있다. 서두르면 안 된다. 끝까지 때를 기다려야 안전하게 봄을 맞을 수 있다.

다행히 나무의 겨울은 준비 없는 '기다림의 시간'이 아니다. 자신을 불필요하게 소모하지 않고 균형 있게 돌보며 다음 봄을 위해 겨울눈을 비축해놓는 부지런함과 지혜로 겨울의 혹독함 속에서도 희망을 품는다.

살다 보면 모두가 겨울을 만난다. 내게도 그런 겨울이 있었다. 그 겨울을 건너 뿌리내린 이곳에서의 삶이 내겐 봄이었다. 겨울이 지나면 반드시 봄이 온다. 겨울은 늘 봄을 향해 걷는다. 그 걸음이 더디게 느껴지더라도 오늘도 봄에 조금 더 가까이 다가서본다.

봄을 기다리는 겨울나무처럼, 겨울눈처럼.

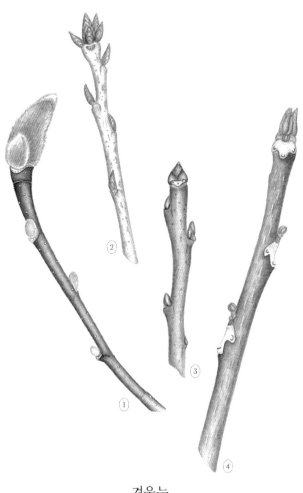

겨울눈

① 자주목련-목련과 *Magnolia denudata* var. *purpurascens*
(Maxim.) Rehder & E. H. Wilson.

② 갈참나무-참나무과 *Quercus aliena* Blume.

③ 다릅나무-콩과 *Maackia amurensis* Rupr.

④ 가래나무-가래나무과 *Juglans mandshurica* Maxim.

모든 식물은 자신만의 속도, 색깔이 있다

남천

어릴 때부터 나는 다른 사람들에 비해 행동이 느렸다. 걸음도 느리고 말도 느렸다. 내 속도보다 빠른 것에 불편함을 느꼈다. 같은 속도로 걷느라 바삐 움직이는 것보다 혼자 걷는 게 편했고 쉴 새 없이 바쁘게 떠드는 사람들 속에 있는 것보다 조용히 혼자 생각하는 시간이 더 좋았다. 매일매일 선택의 순간마다 나는 내 마음에 늘 귀 기울이려고 노력했다. 다른 사람과 같은 속도로 삶이 흘러가지 않는 데 전혀 조급함을 느끼지 않았다. 유치원부터 사회생활이 시작되었지만 그때부터 나는 일관되게 내 속도로 살아왔다. 휩쓸려 가는 것에 민감할 정도로 불편함을 느낀다. 오롯이 나로 살아가려면 혼자만의 시간이 필요하다. 내 인생을 대신 살아줄 게 아닌 사람들의 말에 흔들릴 필요 없이 나는 그저 나로 살아가면 된다.

시골로 거처를 옮기고도 몇 년간 서울과 안성을 오가며 살았다. 서울에선 집과 가까운 거리에 마트가 있어서 산책 겸 그 길을 걷 곤 했는데 그때 도로변으로 겨울인데도 빨간 잎을 달고 있는 나 무가 눈길을 끌었다. 이름을 찾아보니 남천이었다. 공해에 강한 나무여서 도로변에 많이 심는다고 한다. 환경오염에 강하다는 장 점이 스스로를 더 험한 곳으로 내몬 것 같아 안쓰럽기도 하지만 남천은 아랑곳하지 않고 씩씩하기만 하다.

나무마다 자신이 더 돋보이는 계절이 있다. 강인한 생명력을 가진 남천에겐 겨울이 바로 그 순간인 듯하다. 작은 꽃들을 소담스럽 게 피워내는 5~6월에도 아름답지만 남천이 가장 빛나는 계절은 앙상한 다른 나무들 사이로 붉은 잎을 짙게 드러내는 겨울이다. 남천은 상록성 나무인데 사계절 푸른 다른 상록성 나무들과 달 리 겨울에 붉게 단풍이 든다. 가을 단풍에 비교한다면 늦은 시 간이라고 할 수 있겠지만 식물들은 각자 살아가는 속도가 어떻 든 자신만의 '때'에, 자신만의 '속도'로 물들어갈 뿐이다. 남천은 겨울철에 주렁주렁 빨간 열매를 달고 새들을 챙기는 것도 잊지 않는다.

시린 겨울 풍경을 아름답게 물들이는 붉은 남천잎은 새의 깃털 을 닮은 모양으로 잎자루 양옆으로 작은 잎들이 나란히 달리는 데, 이 형태가 두세 번 반복되는 깃꼴겹잎이다. 하나의 잎자루에 잎이 두세 개가 달린 하나의 잎이다. 잎 하나도 이렇게 정교하게 만드는 식물들은 다른 데 신경 쓸 시간이 없다. 남천이 남천일 수 있도록 오직 자신의 삶에 집중한다.

서울에서 자주 만나던 남천을 우리 마을에서는 못 봤는데 어느 날, 산책길에 아랫마을에서 만났다. 다시 만난 남천이 반가웠다. 특히나 겨울엔 침엽수 말고는 주변에서 잎을 보기가 힘든데 오면 가면 남천을 볼 수 있어서 좋다. 무성했던 나뭇잎이 텅 비어 버려 허전한 겨울에 붉은 남천잎이 따뜻한 온기를 불어넣는다.

식물의 삶은 단순하다. 꽃이 피고 지고 열매 맺는 삶의 반복이다. 식물은 군더더기 없이 자신의 삶에 충실하다. 각자 자신의 속도 대로 살아간다. 인간의 삶도 각자의 꽃을 피우고 열매 맺는 시기 가 다른 것이 자연스러운 일인데 우리가 사는 사회는 남이 정해 놓은 기준들이 참 많다. 그 기준에 맞춰 다들 그리로 달려가느라 지쳐 있지만 멈추면 큰일날까 봐 숨이 턱까지 차올라도 멈추지 못한다.

잠시 멈춰서서 거울을 보듯 마음을 들여다보면 좋겠다. 나는 무 슨 빛깔을 가지고 태어난 사람인지. 다른 원치 않는 색깔이 섞여 나의 빛깔을 잃어가고 있는 것은 아닌지.

남천잎

매자나무과
Nandina domestica Thunb.

나무는 긴 호흡으로 늘 깨어 있다

사철나무

사철나무라는 이름에서 알 수 있듯 사철나무는 초록 잎을 달고 한 해를 보낸다. 사계절 내내 별다른 변화 없이 한결같은 초록빛이다. 늘 곁에 있기에 무심하게도 그림을 그리기 전엔 가까이 다가가 애정 어린 눈빛으로 바라본 적이 없었다. 평범한 모양의 타원형의 잎, 눈에 띄지 않는 아주 작고 은은한 연노랑빛의 꽃은 주변의 화려한 식물들 사이에서 조용히 피어난다.

여름숲은 6~7월에 피는 수많은 꽃들과 꽃보다 더 화려한 초록잎들로 가득하다. 여름숲은 사철나무의 꽃처럼 아주 작고 조용한 꽃들의 존재를 압도하듯 푸르게 물든다. 그 틈에서 특별히 자신을 뽐내기 위해 애쓰기보단 묵묵히 자신의 시간을 살아가기로 마음먹은 사철나무는 에너지를 아껴 긴 호흡으로 쉼 없이 삶을 이어 가기 위해 애쓴다. 다른 계절에는 있는 듯 없는 듯 수수한 모습으로 다른 식물들 사이에서 크게 두각을 드러내지 않는다. 많은 나무들이 잠시 쉬어가는 겨울이 되면 그제야 때를 만난 듯 아주 독특한 모양의 열매로 인사를 건넨다.

찬바람이 불기 시작하는 늦가을부터 붉은빛의 열매가 익어간다. 열매껍질이 네 갈래로 갈라지고 안으로 말아 올라가듯 벌어지면 그 안에 있던 윤기 나는 주황빛 씨앗이 껍질 밖으로 밀려 나와 앙증맞게 붙어 반짝인다. 식물은 자신의 씨앗을 옮겨줄 다른 생명들과 긴밀히 이어져 있다. 자신의 씨앗을 옮겨줄 새들의 부리에 맞춰 열매를 만든다. 작은 새들을 위한 사철나무의 열매는 그들이 열매를 잘 따먹을 수 있도록 배려한 듯한 모양이다. 마치 사탕 봉지를 까주는 듯한 다정한 모습으로 겨울을 난다.

내가 사철나무를 처음 만난 건 서울에 살 때였다. 키가 크지 않아 가꾸기 좋고 공해에도 강해 길가에 울타리용으로 자리한 나무다. 장도 볼 겸 산책을 나선 겨울 어느 날, 늘 다니던 길인데 유독 빨간 열매가 눈에 들어왔다. 시선을 사로잡은 열매가 나를 그 나무 가까이로 데려간다. 늘 그곳에 있던 사철나무가 내게 말 걸어주는 순간이 찾아온 것이다. 그럼 그때부터 사철나무를 더 자세히 바라보게 된다. 나무 곁으로 다가가 오랫동안 마주한다. 사철나무를 그리기 위해 자세히 바라볼 땐 눈이 더 촘촘하게 움직이기 시작한다. 평범하게 보았던 동그란 잎엔 톱니가 있는지, 잎의 끝은 뾰족한지 둔탁한지, 잎맥의 모양은 어떤지, 잎에는 광택이 나는지, 솜털이 있는지, 잎자루가 있는지 등 많은 부분을 꼼꼼히 관찰한다. 가지의 모양과 가지에 붙어 난 잎의 배열도 살피고 열매의 모양도 열매가 익어가는 순서대로 여러 모양을 관찰한다.

이렇게 한참을 바라보고 있으면 열매도 오밀조밀한 모습으로 나를 바라본다. 이제야 자신을 바라봐주는 내게 윙크하는 듯한 귀여운 모습이다. 하지만 이 열매는 그림을 그리는 나를 위해 열린 게 아니다. 겨울에도 먹을 것을 찾아 찬바람을 가르는 새들의 몫이다. 겨울철 새들의 양식이 되어주는 고마운 열매다. 그리고 다시 새들의 도움으로 한 그루 나무가 될 귀한 열매다. 나는 그 순간의 어디쯤에서 함께하고 기록한다. 그리고 다시 익어갈 사철나무의 열매를 기다린다.

눈에 띄는 식물들에 비해 존재감을 드러내지 않는 식물들은 그들에게 눈길이 가기까지 오랜 시간이 걸린다. 무심히 지나치기도 했고 몰라서 지나치기도 했던 식물들이 말 걸어주는 반짝이는 순간들이 스케치북에 하나둘 새겨진다.

문득 사계절을 살아내는 식물들은 어쩌면 겨울잠을 자는 생명들에게 그동안 있었던 일들을 말해주는 이야기꾼일지도 모르겠다는 생각이 든다. 열매들의 여행 이야기, 하늘에서 펑펑 쏟아지던 하얀 눈 이야기, 그 눈 위에 새겨진 발자국에 얽힌 이야기 등 겨울 동안 보았던 숲 이야기들을 들려주는 다정한 이야기꾼 말이다. 모든 날 깨어 있는 사철나무가 많은 이야기를 품고 고요한 숲에서 혼자여도 지루하지 않은 겨울을 나기를 바라본다.

사철나무

노박덩굴과
Euonymus japonicus Thunb.

겨울숲속의 묵묵한 위로

소나무

겨울숲에 들어서면 겨울잠을 자는 나무들 사이로 여전히 초록 잎을 달고 나를 반기는 나무가 있다. 붉은빛의 수피와 뾰족하고 기다란 초록 잎. 평소에 나무나 들풀에 대해서 잘 몰라도 누구나 알고 있는 나무, 바로 소나무다.

숲에 다른 나무들과 함께 살아가는 소나무는 곧은 모습보다 불편해 보일 정도로 삐딱하게 자라는 경우가 많다. 잘 자라다가 갑자기 한쪽으로 급하게 꺾어 자라거나 왼쪽, 오른쪽을 오가며 아슬아슬하게 자라고 있는 나무들을 자주 만난다. 나무의 습성을 모르던 때에는 무슨 일이 있었길래 이렇게 험하게 자랐을까 궁금하기도 했고 앞으로 잘 자랄 수 있을까 걱정이 되기도 했다. 식물을 그리며 식물에 대해 하나씩 알아가다 보니 소나무가 굽어 자라는 이유도 알게 되었다. 햇빛을 아주 많이 좋아하는 소나무는 극양수로, 그늘진 곳에서는 자라지 못한다. 처음 씨앗에서 싹이 났을 때 그곳은 햇빛이 풍부한 자리였다. 그곳에서 새로운 삶을 시작한 어린 소나무는 얼마나 행복했을까.

하지만 그 행복도 잠시, 누구나 삶의 고비가 있듯 소나무에게도 시련이 찾아온다. 소나무보다 빠른 속도로 자란 다른 나무 때문에 서서히 그늘이 만들어지고 소나무는 그 그늘을 피해 햇빛을 더 받을 수 있는 곳으로 방향을 바꾼다. 그렇게 햇빛을 따라 끝없이 방향을 트느라 소나무는 자신의 몸이 아주 많이 기울어져 있음을 뒤늦게 깨닫는다. 깨닫는다 해도 방법은 없다. 햇빛을 향해 계속 자라는 수밖에는 없다.

숲에 쓰러져 있는 소나무 한 그루가 있다. 곧게 자라다가 한쪽으로 거의 90도로 방향을 튼 후 반원을 그리듯 중심으로 돌아와 다시 곧게 자라다 결국은 쓰러지고 말았다.

살아내고자 애쓴 소나무의 흔적이 수형에 고스란히 남아 있다. 햇빛의 흔적을 몸에 새긴 소나무의 숨김없는 하루와 마주 선다. 이렇게 솔직한 모습의 나무가 또 있을까 싶을 정도로 소나무는 온몸으로 자신이 살아온 이야기를 전한다. 살기 힘든 조건에 놓일 때마다 다시 빛을 향해 나아간 나무의 의지가 마음을 울린다.

소나무를 조금 더 알게 된 후로 숲에서 만나는 소나무들의 모습을 유심히 바라보게 된다. 많이 비틀린 나무들을 만날 때면 온 마음으로 그 소나무를 위로해본다. 소나무다운 삶에 충실하며 쓰러지지 않기 위해 균형을 잡아가는 모습이 우리의 모습과 다르지 않다.

우리 역시 힘들 때마다 누군가에게 기대기도 하지만 제일 중요한 것은 나 스스로 해보겠다는 의지가 아닐까 생각한다. 그림을 그리기 힘들어졌을 때 몸과 마음도 쉬어갈 겸 자연에 기대어보기로 했다. 때마침 자연이 어깨를 내어주기도 했고 나 스스로 자연에서의 삶을 선택하기도 했다. 자연에 기대면서도 그곳에서 다시 시작하기 위해 소나무처럼 빛을 향해 한 걸음씩 걸었다. 그리고 다시 그림을 그리는 자리로 돌아올 수 있었다.

'건강을 잃은 열심'은 오래가지 못하고 '목적 없는 열심' 또한 헛일이다. 쓰러지지 않도록 균형을 잡으며 살아가는 일이 중요하다는 것을 쓰러지고서야 알게 되었다. 숲에서 소나무처럼 빛을 향해 걸으니 건강을 잃으며 점점 어두워졌던 마음이 회복되어갔다. 앞으로의 삶도 소나무처럼 빛을 향해 걷다 보면 어느새 나도 아름드리 나무가 되지 않을까. 조금 전에는 내가 소나무를 위로했는데 지금은 소나무가 나를 위로해준다.

소나무는 꽃이라고 부르는 구조를 갖추고 있지 않아 꽃이라고 부르지는 않지만 씨앗을 맺는 꽃의 기능은 있다. 소나무는 암수 한그루로 암꽃 부분을 암구화수라 부르고 수꽃 부분을 수구화수라고 부른다. 암구화수는 붉은빛을 띠고 수구화수보다 위쪽에 자리해 자가수분을 최대한 피한다. 수구화수는 노란 꽃가루가 뭉쳐져 있는 모양인데 봄마다 바람에 날리는 노란 가루가 바로 이 소나무의 꽃가루다. 바람의 도움으로 수분을 하는 풍매화인 소나무는 화려한 꽃을 만드는 대신 아주 많은 양의 꽃가루를 준비하고 바람을 기다린다. 바람을 기다리는 나무들이 낭만적으로 느껴지기도 한다.

소나무의 잎은 기다랗고 뾰족한 바늘잎인데 끝이 아플 정도로 뾰족하지는 않다. 두 개가 한 묶음으로 묶여 갈라진 잎의 단면을 보면 원을 두 개로 나눈 모습을 하고 있다. 기다란 잎도 살짝 비틀려 있다.

식물세밀화를 그릴 때에는 모든 부분을 잘 관찰해서 표현해야 해서 하나하나 꼼꼼히 관찰하는데 자세히 볼수록 식물은 참 아름답고 신비롭다는 것을 새삼 느끼게 된다. 모두가 다른 방식이자 자신에게 꼭 맞는 방식으로 살아간다. 늘 푸른 소나무인 듯하지만 그 초록잎들 사이로 2년 된 가지의 잎은 떨어지고 새잎이 돋아난다. 잎마다 시간차가 있기 때문에 늘 푸른 잎을 볼 수 있는 것이다.

늘 한결같은 모습으로 우리 곁에 있는 듯하지만 소나무는 작은 변화들로 공백 없는 삶을 이어가느라 애쓰고 있다. 어떤 나무에겐 잎을 떨구고 겨울잠을 자는 것이 최선이나 침엽수들에겐 잎을 달고 겨울을 살아내는 것이 최선의 삶인 것이다.

소나무는 열매를 키울 때도 2년 가까이 열매를 키우는데 나무에 열매를 매단 채 꼭 겨울을 지낸다. 스스로 열매를 추위에 노출시켜 겨울에도 광합성을 쉬지 않고 해야 사는 운명임을 알려주는 듯하다.

소나무는 겨울을 이겨내도록 열매 때부터 훈련에 들어간다. 이렇게 추운 겨울을 지나야 건강한 열매가 된다. 혹독함 속에 씨앗을 더욱 강하게 키워내려는 마음이 느껴진다.

소나무는 늘 우리 곁에 있어서 무심히 지나치는 경우가 많은데 자세히 들여다보면 참 많은 이야기들을 품고 있다. 식물세밀화를 그릴 때는 그 식물에 대해 공부하며 더 오래, 자세히 식물을 바라본다. 그때마다 새롭게 알게 되는 식물의 모습과 그 각각의 모습엔 다 이유가 있음을 알게 된다. 그 이유를 들여다보는 데서부터 식물과의 대화가 시작된다.

식물과의 만남은 구조적인 모습을 관찰하는 데서 더 나아가 생태적인 관점에서 그들을 바라보게 해주었다. 기록을 넘어 식물의 삶을 통해 나의 삶도 다시 한번 들여다보는 시간을 갖게 된다.

식물과의 대화는 이렇게 서로를 마주 보며 소리 없이 이루어진
다. 그런 대화들이 차곡차곡 마음에 쌓여 나의 삶에도 식물의 지
혜가 녹아들길 바라본다.

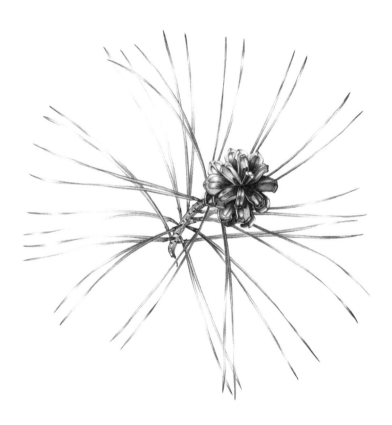

소나무

소나무과

Pinus densiflora Siebold & Zucc.

2

봄
Spring

행복은 멀리 있지 않다

개나리

개나리가 피면 시골 마을엔 집집마다 노란 울타리가 생겨난다. 도시에서는 가로수로, 시골에서는 마당에 산울타리로 많이 심는 개나리는 전국 어디에서나 흔히 볼 수 있는 봄꽃이다.

올봄에도 우리 집을 둘러싸고 있는 뒷산 언저리에는 개나리가 흐드러지게 피어났다. 개나리의 선명한 노란색 덕분에 마을엔 동화처럼 따스한 공기가 흐르는 듯하다. 개나리는 진달래와 비슷한 시기에 피어나는데 진달래가 산을 분홍빛으로 물들이면 곧이어 개나리가 온 마을을 노랗게 물들인다.

흔히 보던 꽃들을 더 눈여겨보게 된 것은 세밀화를 그리면서부터다. 어릴 때부터 수없이 많은 봄을 함께해온 개나리지만 그리면서 비로소 자세히 들여다보게 되었다.

개나리는 양성화로, 암술이 수술보다 긴 장주화와 수술이 암술보다 긴 단주화, 두 가지 형태의 꽃이 핀다. 암수딴그루인 다른 나무들의 암꽃, 수꽃의 의미와는 조금 다르지만 암술이 수술보다 긴 장주화가 암꽃 역할을 하고 암술이 수술보다 짧은 단주화가 수꽃 역할을 한다고 볼 수 있다. 개나리의 꽃은 네 갈래로 갈라진 통꽃으로, 꽃의 기본형이 네모인 특수형에 속한다. 꽃이 질 때 갈래꽃들은 꽃잎이 하나씩 떨어지면서 균형을 잃는다. 하지만 통꽃은 꽃잎이 한꺼번에 떨어져 꽃이 질 때까지도 최대한 균형을 유지하려고 노력한다. 이는 자신을 찾아오는 곤충들에게 더 잘 보이고 싶은 통꽃의 마음이다.

잎보다 꽃이 먼저 피는 개나리는 땅에서부터 여러 갈래로 가지가 갈라져 자라는 낙엽관목으로, 기다랗고 얇은 가지가 아래로 처지면서 자라 바람이 불면 살랑살랑 노란 꽃물결이 인다.

봄만 되면 흐드러지게 피는 개나리는 어디서든 볼 수 있는 흔하디흔한 꽃이지만 사실 우리나라에만 있는 특산 식물이다. 없는 곳 없이 여기저기 피어나지만 개나리는 의외로 자생지를 찾아보기 힘들다고 한다.

개나리의 꽃이 암술이 긴 꽃, 수술이 긴 꽃, 이렇게 두 종류인 것은 더 다양한 유전자를 만들기 위함이다. 꽃의 이런 노력에도 불구하고 의외로 개나리의 열매를 보기가 어렵다. 장주화는 수정이 되면 바로 꽃이 떨어져서 개화 시기가 짧다. 단주화는 꽃이 오

래 피어 있고 꽃의 크기도 장주화보다 커서 꺾꽂이에 더 많이 이
용하게 되었다. 이렇게 단주화가 꺾꽂이로 전국에 퍼지면서 장주
화와 단주화가 서로 가까이 있는 경우가 드물게 되다 보니 열매
맺는 개나리를 보기도 더 힘들어졌다.

우리 집 뒷산에 핀 개나리는 모두 단주화인데 앞집 개나리 울타
리는 모두 장주화다. 세밀화를 그리는 나에게 이 둘을 가까이에
서 모두 만날 수 있다는 건 참 행복한 일이다. 장주화를 관찰하
러 앞집 울타리로 갔다. 앞집 아주머니께서 화단에 풀을 뽑고 계
셔서 개나리를 보러 왔다고 인사를 드렸다.

세밀화를 그릴 땐 식물의 이름과 관련된 용어들을 더 정확하게
쓰려고 신경을 쓴다. 하지만 앞집 아주머니에게 처음부터 장주
화, 단주화 하면 어렵게 느끼실 수도 있어 대화를 위해 '우리 집
꽃은 수꽃만 있는데 이곳엔 암꽃이 있어서 보러 왔다'고 말씀드
렸다. 그랬더니 개나리도 암꽃, 수꽃이 따로 있냐시며 '개나리를
오래 봐왔지만 처음 들어보신다'고 신기해하셨다. 어떻게 구별하
나는 질문에 '암꽃은 암술이 길고 수꽃은 수술이 길다'고 말씀드
리니 자세히 봐야겠다며 꺾꽂이하라고 암꽃을 가져다 주셨다.

꺾꽂이로 전국으로 번져간 개나리가 이번엔 우리 집으로 순간이
동을 하게 되었다. 그것도 단주화가 아닌 장주화가 말이다. 물론

그 순간이동은 내가 도와주어야 하지만 이렇게도 오는구나 싶어 내심 웃음이 났다. 올해는 열매가 열리는지도 유심히 지켜봐야 겠다. 세밀화를 그려서 알게 된 사실 덕분에 내 꽃밭이 더욱 풍성해졌다. 곤충과 새, 동물, 바람을 이용하는 다른 식물들처럼 개나리는 사람을 움직여 그 수를 늘려나가는 모양이다. 나도 이제 그 사람들 중 한 명이 되었다.

열매로 번식하는 식물은 다양한 유전자를 갖게 되어 큰 변화나 위기에도 적응하여 살아남을 확률이 높다. 이에 비해 꺾꽂이로 번식하는 방법은 부모의 유전자 그대로 복제되는 것이어서 전멸할 위험이 있다.

개나리는 우리나라에만 있는 식물이라 전 세계적으로 봤을 때 그 수가 많지 않은 데다 열매보다는 꺾꽂이로 번식을 많이 하니 복제가 아닌 독립된 개체는 보이는 것보다 훨씬 적은 수일 것이다. 환경이 급변하는 위기의 순간이 오지 않길 바라며 개나리의 보존에 좀 더 세심한 관심이 필요하다는 생각을 해본다.

식물을 그리며 좋은 점 중 하나는 자세히 바라보며 새롭게 알게 되는 식물을 통해 그전에 보았던 세상과 다른 새로운 세상을 만나는 것이다. 늘 봐왔다고 더 잘 아는 것은 아니다. 가까운 식물일수록 모르고 넘어가는 사실들이 더 많을지도 모른다.

흔하게 보는 꽃이라 대수롭게 여기지 않고 스쳐 갔다면 올봄엔 가까이 다가가 얼굴을 마주해보는 것은 어떨까. 꽃을 찾아 먼 길 떠나지 않아도 늘 우리 곁으로 먼저 찾아와주는 개나리가 소중해지는 시간이 되면 좋겠다. 늘 우리 곁에 있어 준 흔한 꽃, 개나리가 '행복은 멀리 있지 않다'고 말해주는 듯하다.

개나리

물푸레나무과

Forsythia koreana (Rehder) Nakai.

기쁜 소식을 전하다

붓꽃

아침에 일어나 창문을 열면 작업실 화단엔 또 새로운 꽃들이 이사를 와 있다. 시골에 내려와 꽃이 눈에 들어오면서부터 보는 꽃마다 화단에 심겠다고 노래를 불렀는데 엄마는 그 말들을 기억해두었다가 그 꽃을 화단에 심어주신다.

"고마워요"라고 말하려고 집으로 갔더니 엄마의 화단에도 어떤 꽃아이가 이사를 와 있다. 엄마 한 송이 나 한 송이, 보랏빛 붓꽃이 선물처럼 피어 아침 인사를 건넨다.

내 작업실은 나와 엄마가 머무는 집에서 독립된 곳에 자리하고 있다. 그래 봐야 출근하는 데 3분이면 충분한 거리이지만 나만의 독립된 장소에 나만의 작은 화단이 있다는 건 참 행복한 일이다. 이 작은 화단에 무슨 꽃을 심을까 즐거운 고민을 하며 마음속으로 이미 여러 꽃을 심어보고 활짝 피워도 보며 행복한 상상의 나래를 펼치곤 한다.

그렇게 하나둘씩 이 화단으로 꽃들이 이사를 왔다. 붓꽃도 그렇게 나와 만나게 되었고 이곳에 자리를 잡고 식구 수를 늘려가며 지금까지도 함께 잘 살아가고 있다. 얼마 지나 더 큰 포기의 붓꽃을 또 나눔받아 심게 되었는데 예쁜 붓꽃을 실컷 보고픈 마음에 화단의 중앙에 자리를 내주었다.

붓꽃은 첫해와 다음 해에는 이사 온 땅에 자리를 잡느라 온 신경을 쓴 듯하다. 3년째 되는 해에 폭발하듯 피어나 화단을 가득 채웠다. 꽃이 피는 곳엔 어김없이 벌들도 모여든다. 아침마다 활짝 핀 붓꽃마다 꿀을 먹느라 분주한 벌들의 모습을 바라보는 일이 그렇게 흐뭇할 수가 없다. 그런데 한편으론 화단에 같이 사는 다른 꽃들이 붓꽃에 치이는 듯해서 걱정되기도 했다.

고민 끝에 화단에 있는 모든 식물이 골고루 잘 살아가도록 붓꽃을 다시 한번 옮겨주기로 했다. 뿌리가 어찌나 단단히 뭉쳐 있는지 삽으로 깊이 파서 크게 다섯 등분으로 겨우 나눈 후에 자리를 옮겨줄 수 있었다. 집 둘레에다 군데군데 나누어 심어주었는데 옮겨 심은 곳마다 잘 자라서 붓꽃의 놀라운 생명력에 매번 감탄하곤 한다.

붓꽃은 햇빛이 잘 드는 곳에서 크게 가뭄을 타지 않고 잘 자라는 여러해살이 풀이다. 강한 생명력을 가진 식물이라 화단에 심어 기르기에도 좋다. 화단에서 잘 자라 포기가 커진 식물들이 더 많이 번져갈 수 있도록 넓은 숲속 꽃밭으로 또 한 번 이사를 간다. 그곳에 옮겨진 붓꽃들은 숲속 환경에 적응하며 다시 꽃송이를 늘려가고 있다.

매해 수레에 붓꽃을 가득 싣고 숲으로 간다. 꽃밭 가득 보랏빛으로 물들일 모습을 상상하며 붓꽃을 심는다. 열심히 심은 붓꽃이 봄 햇살에 이제 막 꽃을 피우면 숲속에 사는 고라니가 기다렸다는 듯이 꽃을 먹고 간다. 그런 고라니가 얄밉다가도 붓꽃이 이제 숲의 일원이 되어 숲 생명들의 생태계 안에 자리를 잡은 것 같아 기쁘기도 하다. 내 화단이 숲 친구들에게 붓꽃 맛집으로 소문이 난 듯하다. 그래, 함께 살자. 먹고 남으면 꽃을 피우겠지. 내가 심기는 했지만 조바심 내지 않고 붓꽃과 고라니에게 그들의 삶을 맡긴 채 한 걸음 뒤에서 바라볼 수밖에 없다는 생각을 한다.

고라니가 애써 심은 꽃을 먹고 뿌리째 뽑아놓는 건 속상한 일이지만 숲 생명들에겐 자연스러운 먹이 활동이니 꽃을 못 먹게 울타리를 치고 싶지는 않다. 그래도 처음 꽃이 피는 시기가 지나 풍성하게 피어날 때에는 더 이상 꽃을 먹지 않으니 다행이다.
붓꽃은 꽃봉오리가 먹을 묻힌 붓 모양을 닮아 그리 불린다고 한다. 그래서인가 그림을 그리는 내 입장에서는 붓꽃이 더 가깝게 느껴졌다. 그 꽃봉오리로 그림을 그리면 종이에 금방이라도 보랏빛 물이 들 것만 같다. 아이리스는 그리스 신화 속 '무지개의 여인'인 이리스에게서 유래된 이름으로 비 온 뒤 보는 무지개처럼 '기쁜 소식'이라는 뜻을 가졌다. 그래서였을까, 붓꽃을 볼 때마다 마음이 늘 기쁘다.

붓꽃이 활짝 폈을 때의 모습은 참 화려하면서도 우아하다. 마치 물이 하늘로 솟았다가 땅으로 흘러내리는 것처럼 아름다운 곡선을 가진 붓꽃은 볼 때마다 설렌다. 붓꽃은 하늘로 솟은 세 개의 작은 꽃잎과 흘러내리듯 젖혀진 세 개의 큰 꽃잎으로 이루어져 있다. 암술대 또한 꽃잎 모양이라 꽃에 풍성함을 더한다. 당당한 모습으로 5월을 눈부시게 열어가는 붓꽃이 참 멋지게 느껴진다.

한 송이의 꽃도 최선을 다해 피워내는 식물들의 삶을 보며 그 성실함에 하루를 다시 돌아보게 된다. 나는 오늘 하루 어떤 꽃을 피워냈을까. 아직 꽃봉오리여도 좋으니 아름다운 꽃을 피워내기 위한 하루였으면 하는 바람도 가져본다. 스케치북에 피워내는 붓꽃 한 송이엔 붓꽃의 마음과 나의 마음이 만나 또 다른 꽃이 피어나는 순간일지도 모르겠다. 부디 그랬으면 좋겠다.

어느 날 내 화단으로 온 그 한 송이 붓꽃에서 시작된 보랏빛이 물결치듯 오늘도 번져가고 있다. 꽃을 심는 일은 숲에 숲을 더하는 일이라고 생각한다. 나의 작은 꽃밭이 또 하나의 숲이 되도록 계속 꽃을 심고 싶다. 나도 지구에 꽃 한 송이를 선물해주고 싶다. 그리고 그 숲에서 내가 사랑하는 식물들을 오래도록 그리며 살아갈 것이다. 우리가 함께한 계절이 일기처럼 남아 훗날 오늘을 추억할 수 있길 바란다. 그리고 이 그림을 보는 어떤 이에겐 숲의 아름다웠던 순간을 써 내려간 편지가 되길 바라본다.

붓꽃

붓꽃과

Iris sanguinea Donn ex Hornem.

각시붓꽃

붓꽃과
Irisrossii Baker.

어떤 생명도 스스로 설 수는 없다

으름덩굴

겨울을 견딘 식물들에게 봄의 햇살은 얼마나 달콤할까. 그 달콤한 햇살이 겨울잠을 자던 식물들을 하나둘 깨우면 숲은 다시 초록 물이 든다. 그 숲에 들어설 때의 설렘이란… 10년이 넘도록 같은 숲길을 오가지만 늘 새롭고 설레는 것은 식물들이 만들어갈 사계절이 너무도 아름답다는 걸 알기 때문이다.

숲에는 나를 설렘으로 일깨우는 아름다운 식물들이 참 많다. 으름덩굴도 그중 하나다. 봄 햇살이 점점 더 따스해지는 4~5월이 되면 숲에는 오밀조밀한 꽃과 잎을 단 으름덩굴이 그 모습을 더 선명하게 드러낸다. 덩굴성 식물이라 스스로 설 수는 없지만 나름의 삶의 방식으로 다른 나무들에게 기대어 제 모습을 갖추어 간다. 으름덩굴은 숲 길가나 깊은 숲속 어디에나 뿌리내려서 참 잘도 살아가는 덩굴식물이다. 생명력이 얼마나 강한지 높은 나무들을 감고 올라가 울창한 으름덩굴 숲을 만들어놓는다.

그 울창한 덩굴에 가까이 다가가보면 작고 귀여운 꽃과 잎으로 가득하다. 여기저기 나무들을 타고 올라가 자리를 잡고는 귀여운 팥죽색 꽃망울을 쉴 새 없이 터트린다.

으름덩굴은 암꽃과 수꽃이 한 그루에 피어나는데 꽃의 모양이 참 특이하다. 팥죽빛의 색깔도 참 독특하다 싶은데 가까이 다가가 꽃의 모양을 들여다보면 생김새는 빛깔보다 더 독특하다.

꽃잎처럼 보이는 것은 꽃받침이고 암술은 오동통하게 벌어져 있고 수술은 공 모양으로 여러 갈래가 돌돌 말려 있다. 열매는 귀여운 모양의 꽃을 보고는 상상이 안 되는 모습이다. 장난감처럼 아기자기한 모습과 달리 열매는 주먹만 하게 열리는데 다 익으면 쩍하고 갈라져 그 안에 바나나처럼 뽀얀 과육이 드러난다.

커다란 과육엔 까만 씨앗이 가득해 나처럼 게으른 사람은 열매 하나 먹기가 여간 까다로운 게 아니다. 으름 열매는 바나나를 닮았다 해서 한국의 바나나라고 불리기도 한다. 숲에 있는 열매를 따서 딱 한 번 맛봤는데 맛은 바나나보다 더 살살 녹는 식감의 순한 단맛이지만 씨앗을 뱉어내야 하는 수고로움에 경험 삼아 맛본 것으로 만족하며 그저 감상만 한다.

으름덩굴의 꽃과 열매도 참 예쁘지만 잎은 또 얼마나 고운지. 예쁜 애 옆에 예쁜 애라는 말을 으름덩굴에게도 해주고 싶다. 5~7개로 이루어진 작은 잎들이 손바닥처럼 펼쳐져 있고 잎 끝은 조금씩 오목하게 들어가 있다.

풀처럼 보이기도 하는 으름덩굴은 덩굴성 목본으로 겨울눈을 지니고 겨울을 나는 나무다. 잎은 줄기에 간간이 달려 초록잎으로 겨울을 나기도 하는데 그 추위를 어떻게 견디는지 식물의 강인함은 볼 때마다 감탄스럽기만 하다. 겨울의 매서운 바람과 차가운 눈에도 아랑곳하지 않고 덩굴성 나무들은 여전히 다른 나무를 움켜쥔 채 숨죽이며 겨울을 보낸다. 덩치 큰 나무든 가녀린 나무든 혹독한 겨울 앞에선 모두 공평하다. 사계절 식물들의 하루하루를 가까이서 지켜보며 '여린 식물'이라는 표현이 적절하지 않음을 다시 한번 깨닫는다.

덩굴식물을 처음 봤을 때는 덩굴식물이 다른 식물들을 힘들게 한다고만 생각했었다. 물론 힘들게 하는 면도 있지만 다시 생각해보면 어떤 생명도 스스로 설 수는 없다. 꼿꼿하게 서 있는 나무도 사실은 숲의 수많은 생명들에게 기대어 살아가고 있으니 말이다. 서로 돕기도 하고 경쟁하기도 하며 숲도 그 안에서 함께 살아가기 위해 균형을 맞춰가고 있다.

다양한 모습만큼 다양한 삶을 살아가는 숲속 식물들의 봄은 언제나 소리 없이 분주한 움직임으로 가득하다. 이런 숲의 움직임이 소리로 들린다면 얼마나 수다스러울까 상상해본다. 하지만 그 소리는 분명 맑은 울림을 우리에게 줄 거라고 생각한다.

수다스러운 봄의 숲에서 으름덩굴을 만나거든 더 가까이 다가가보길 바란다. 그러면 사람이 상상할 수 없는 독특한 모습을 한 식물들의 자연 그대로의 진짜 모습을 만나게 될 것이다. 그리고 식물들이 들려주는 파란만장한 숲의 이야기도 들을 수 있을 것이다.

으름덩굴

으름덩굴과
Akebia quinata (Houtt.) Decne.

자신을 내어주고 생명을 얻다

생강나무

3월 초, 벌써 봄은 시작되었지만 아직 숲은 겨울빛으로 가득하다. 이맘때엔 나도 숲을 들락거리며 겨울눈이 터지기만을 손꼽아 기다린다. 그렇게 숲을 오가며 봄소식을 기다리던 순간 저 멀리서 노오란 얼굴로 인사를 건네는 나무가 있다. 바로 숲의 봄을 알리는 생강나무다. 잎보다 꽃이 먼저 피는 생강나무는 가지마다 노란 꽃 뭉치를 달고 숲에 가득 봄기운을 전한다.

생강나무꽃의 노란 빛은 이제 막 시작된 따스한 봄의 빛깔을 닮았다. 잠자고 있던 숲의 생명들을 깨우듯 생강나무꽃은 숲을 환한 빛으로 물들인다. 겨울 동안 꽁꽁 얼어 있던 땅도 봄 햇살에 녹아 폭신해졌다. 말캉한 그 틈으로 봄이 긴 숨을 내쉰다. 겨울잠에서 깨어난 곤충들에게 생강나무꽃은 먹을거리를 내어주며 숲에 생명을 불어넣는다.

뭐가 그리 급한지 생강나무는 꽃이 먼저 숲 구경에 나선다. 동그랗고 통통한 꽃눈이 먼저 노오란 꽃망울을 터트린다. 작은 꽃 뭉치는 자세히 들여다보면 더 작은 여러 꽃송이들이 뭉쳐 하나의 꽃 같다. 그렇게 여러 송이가 뭉쳐도 손가락 꽃반지만 한 작은 크기다. 꽃자루가 짧아 가지에 다닥다닥 붙어 피어나는 모습이 마을에서 흔히 볼 수 있는 산수유와 구별되는 모습이기도 하다.
생강나무는 꽃자루가 짧아 나뭇가지에 붙어 피어나고 산수유는 꽃자루가 길게 꽃이 피어나는데, 이 둘을 많이들 헷갈려 하는 듯하다. 하지만 이 둘의 특징을 찾아보고 자세히 관찰해보면 잘 구별할 수 있다.

생강나무는 암수딴그루로 암꽃만 피는 나무와 수꽃만 피는 나무가 따로 있다. 작은 꽃들을 자세히 들여다보면 암꽃은 암술이 발달해 있고 수술은 헛수술로 퇴화되었다. 수꽃은 암술이 퇴화되었고 아홉 개의 수술이 풍성하게 들어 있다. 꽃잎의 크기도 수꽃이 1밀리미터 정도 더 커서 두 꽃을 비교해보면 암꽃보다 수꽃이 훨씬 풍성해 보인다. 이렇게 작은 꽃들은 돋보기나 루페를 사용해 더 자세히 들여다보면 쉽게 구별을 할 수 있다.
숲에 식물을 만나러 갈 때는 루페를 꼭 챙겨서 다니면 좋다. 가까이 다가가서 더 자세히 바라보는 것은 멀리서 스치듯 바라볼 때와는 또 다른 모습들을 발견하는 시간이기도 하다.

생강나무는 잎과 가지에 상처가 나면 은은한 생강향이 나서 붙여진 이름으로 실제로 옛날에는 비싼 생강을 대신해 향신료로 사용하기도 했다. 또한 예전엔 생강나무의 열매로 기름을 짜서 동백기름처럼 사용했다. 생강과 동백기름을 대신했던 생강나무는 이제 그들을 대신하지 않아도 되는 시절을 맞았다. 지금은 오히려 생강과 동백꽃이 흔해졌다. 생강나무는 이제 자신만의 고유한 모습으로 숲에서 그 존재를 뽐내며 살아간다.
생강나무는 이른 봄, 일부러 숲을 찾아야 볼 수 있다. 숲의 계곡이나 냇가 또는 다른 나무들 사이에 잘 어우러져 살아가지만 숲에서 자생하기에 마을에서 흔히 볼 수 있는 나무는 아니다. 그래서 더 귀하게 느껴지기도 한다.

생강나무는 낙엽활엽수로 꽃이 피고 나면 그제야 아기 손같이 갈라진 작은 잎들이 '안녕' 하고 손을 흔들 듯 돋아난다. 이제 막 피어나는 작은 잎을 만날 때면 나도 모르게 잎을 향해 손을 흔든다. 한 나무에 있는 잎도 여러 모양인 경우가 있는데 생강나무도 크게 두 가지 모양으로, 세 갈래로 갈라진 잎과 하트 모양을 한 심장형 모양의 잎을 갖고 있다.
생강나무 잎은 봄에는 연초록의 잎에서 진한 초록으로 여름을 나고 가을이 되면 꽃처럼 노란빛으로 단풍이 든다. 봄에는 노란 꽃으로 눈길을 사로잡더니 가을엔 단풍으로 또 나의 시선을 사로잡는다. 가을이 되면 빨강과 갈색빛 단풍잎들 사이로 커다란 노란 잎이 바람에 흔들린다.

열매는 초록에서 빨강이 되었다가 까맣게 익어간다. 까만 열매는 노란 잎 사이에서 더욱 도드라져 새의 눈에 잘 띄게 된다. 이처럼 생강나무 열매는 가을에 새들의 식량이 되어주고 새는 그 보답으로 씨앗을 멀리 운반해서 숲에 새로운 생강나무가 자라도록 도와준다. 이른 봄부터 가을까지 숲의 생명들은 서로를 도와 숲을 아름답게 가꾸어나간다.

숲에서 꽃들을 만날 때마다 그려봐야지 했던 생강나무꽃을 숲 공부를 하며 자료집을 만들 때 표지로 그리게 되었다. 초록 가지에 노란 수꽃이 풍성하게 난 가지 하나를 간단히 그려보았다. 이때 암꽃은 찾지 못해서 수꽃만 그리게 되었다. 급하게 그리느라 꽃이 다 질 때쯤 숲에 남은 몇 송이 꽃들 중 골라 그리느라 애를 먹었던 기억이 있지만 언제나 그리고 나면 그 꽃은 내게 더 의미 있는 꽃으로 남는다. 그리고 다음 해에 다시 숲에서 만나면 아직 그리지 않은 다른 식물들보다 더 가깝게 느껴진다. 자세히 마주 보던 시간들 덕분에 정이 듬뿍 든 모양이다.

노란 생강나무꽃이 피어나면 숲은 하나둘 겨울잠에서 깨어난다. 숲에 봄기운을 불어넣어주는 생강나무꽃의 따스한 봄 인사

에 나도 이제 계절을 힘차게 걸어갈 마음의 준비를 한다. 숲과 함께 걸어갈 사계절을 생각하니 다시 기대에 차오른다. 모든 계절의 시작은 늘 설레지만 특히 긴 겨울 끝에 맞이하는 봄이 가장 설렌다. 다시 시작된 새로운 봄날, 노란 생강나무꽃이 유난히 빛나는 하루다.

생강나무

녹나무과
Lindera obtusiloba Blume.

가까이 보면 더 사랑하게 된다

노랑꽃창포

시골로 내려온 후 자연의 보살핌으로 지친 몸과 마음이 조금씩 회복되어갔다. 그렇게 몇 해 지나 다시 그림을 그릴 수 있는 힘이 생겨났고 나는 내게 새 힘을 준 식물을 그리기로 마음먹었다. 그렇게 식물 그림 공부를 막 시작했을 때 사계절 산과 들에 피어나는 식물들을 정리해놓은 식물도감을 마련했다. 매일 식물도감을 들고 집 주변과 숲을 산책하며 그동안 몰랐던 꽃들의 이름과 그들의 삶의 방식도 조금씩 들여다보며 식물을 더 가까이에서 지켜보고 알게 되었다.

매일 새롭게 피어나는 꽃들과 눈에 띄게 커지는 초록 숲은 나의 느린 걸음으로는 도저히 따라갈 수 없을 정도로 빠르게 변해갔다. 풍성하게 피어나는 꽃들은 엄마의 꽃밭에서도 예외 없이 한껏 피어났는데 그런 엄마의 꽃밭이 내 눈엔 요술 꽃밭 같았다.

엄마는 집 앞 길가 쪽 빈 땅에도 여러 종류의 꽃들을 심었는데 엄마의 요술 꽃밭 속 다른 식물들에 비해 성장 속도가 더딘 듯한 노란 꽃이 눈에 띄었다. 다가가니 식물도감에서 본 노랑꽃창포였다.

노랑꽃창포는 습기가 있는 땅이나 물가에서 더 잘 자라는 꽃인데, 물가와는 떨어진 곳에 있어 양껏 물을 흡수하지 못해 키도 작고 포기도 잘 늘지 않는 듯했다. 어쩐지 애처로워 보여 노랑꽃창포를 물가로 옮기기로 했다. 집 옆으로 난 작은 오솔길을 따라 조금만 가면 숲길 따라 흘러 내려오는 시냇물이 있다. 내가 잠깐씩 앉아 쉬어가는 장소라 그곳에 심어주면 늘 만날 수 있어서 좋을 듯했다.

물가로 옮겨준 노랑꽃창포는 원래의 습성대로 왕성하게 포기를 늘려 노란 꽃을 풍성하게 피워 올린다. 숲에서 내려오는 시냇물을 먹고 자라서일까? 노랑꽃창포의 맑은 빛깔이 마음까지 맑게 물들이는 듯하다. 더 좋은 환경으로 옮겨줄 수 있어서 참 다행이었다. 식물도감을 끼고 산 보람을 느끼게 해준 순간이다.

노랑꽃창포는 물가에 살아서 그런지 붓꽃과의 식물인데도 꽃창포라는 이름이 붙어 붓꽃보다 창포에 더 가까운 듯한 느낌을 풍긴다. 나도 처음에 과를 확인하지 않고 이름만 봤을 땐 창포가 어떻게 생겼는지가 먼저 더 궁금했으니 말이다. 찾아보니 노랑꽃창포는 천남성과인 창포와 전혀 관계가 없는 붓꽃과 식물이다.

우리가 잘 알고 있는 보라색 붓꽃처럼 노랑꽃창포도 젖혀진 세 개의 바깥 꽃덮개잎과 위로 펼쳐진 세 개의 안쪽 꽃덮개잎으로 이루어져 있고 암술대도 마치 꽃잎처럼 세 갈래로 갈라지고 그 끝이 다시 두 개로 갈라져 있다.

화려한 구조의 노랑꽃창포는 노란 바깥의 꽃덮개잎 위에 짙은 갈색의 무늬를 새겨 벌들에게 꿀샘의 위치를 친절히 알려준다. 무늬를 따라 꿀샘에 도착한 벌은 세 개의 암술대 뒤편에 각각 한 개씩 자리한 수술에 닿게 되고, 꽃가루를 몸에 잔뜩 묻힌 벌은 또 다른 노랑꽃창포에게로 날아가 암술대 뒷편에 갈라진 부분에 위치한 작은 암술머리에 꽃가루를 묻혀 꽃의 수정을 돕는다.

특이한 구조 덕분에 처음 붓꽃과 식물을 공부 없이 마주했을 때는 바로 암술과 수술을 구별하기가 힘들었다. 식물을 그리면서부터는 꽃 한 송이를 봐도 도감과 자료들을 찾아 꽃의 구조를 더 꼼꼼히 관찰하고 여러 번 확인하며 꽃의 모양을 파악한다. 우리가 늘 보던 익숙한 꽃들도 그림으로 그리게 되면 새롭게 보이는 것이 생각보다 많다. 그동안 참 많은 것을 스치듯 봐왔단 생각이 든다. 봐도 봐도 놓치는 게 있고 모르는 게 많다.

식물은 아름다움과 생명력으로 나의 발걸음을 그들 앞에 멈추게 했고 더 가까이 다가가 한참을 바라보게 했다. 얼굴을 마주하기 바라는 꽃들의 마음이 깊게 전해진다.

나는 식물을 좋아하지만 화분에 무언가를 심고 키우는 것은 잘 못한다. 처음엔 물을 신경 써서 주다가 어느 순간 잊어버리고 만다. 늘 물 주기를 신경 써야 하는 화분보다는 자연에서 스스로 잘 자라는 식물들을 만나는 게 더 좋았다. 그런 내게 작은 화단이 생겼다. 화분보다는 덜 신경 써도 될 거란 생각에 처음엔 부담이 없었다. 적어도 밖에서는 내가 물 주기를 까먹어도 비가 오니 화분보다 가꾸기 쉬울 거라 생각했기 때문이었다.

다행히 가뭄 때가 아니고서는 물 주는 데 신경을 덜 써도 되지만 또 다른 문제가 생겼다. 내가 심은 꽃들보다 더 빨리, 그리고 더 무성하게 풀들이 자랐다. 이내 화단은 풀밭이 되었다. 처음엔 화초 주위로 풀도 뽑으며 신경을 썼지만 집을 며칠 비우거나 바빠서 신경을 못 쓰면 풀은 처음보다 더 무성히 자라 '나 잡아봐라~' 하고 장난치듯 나에게 개구진 미소를 짓는다. 언제나 풀들에게 두 손, 두 발을 다 들고 만다.

작은 화단을 가꾸는 것도 쩔쩔매던 내가 더 넓은 곳으로 꽃 심기를 확장하게 된 건 집 주변 우물가와 시냇물, 숲속의 꽃밭까지 풍성하게 피어나 밝게 빛나고 있는 노랑꽃창포 때문이다. 내게 힘을 건넨 꽃들에게 나도 조금은 힘이 되어준 것 같아 내심 기분이 좋다.

주변의 생명들이 잘 살아가기를 바라는 마음은 식물도 나도 같은 마음인 듯하다. 언제나 서로에게 힘이 되어줄 수 있는 사이가 될 수 있길 바라며 나는 매일 한 걸음씩 더 자연의 품으로 걸어들어간다.

노랑꽃창포

붓꽃과
Iris pseudacorus L.

숲에서는 승자도 패자도 없다

참꽃. 진달래

봄이 시작되었지만 숲은 여전히 겨울빛인 3월, 이맘때면 마음이 간질간질, 긴 겨울과 이제는 정말 작별하고 싶은 시간이다. 마음은 2월부터 봄으로 들떠 있는데 봄꽃들은 더디게 숲을 찾아온다.

내가 사는 하냉마을은 아랫마을과 윗마을로 나누어져 있어서 같은 하냉마을이어도 아랫마을보다 꽃 소식이 늦다. 3월 초에 생강나무꽃 소식 이후로는 한참 동안 꽃 소식이 없다. 다음 꽃을 기다리며 봄을 지낸다.

생강나무꽃 다음으로 기다리는 꽃은 진달래꽃이다. 생강나무와 진달래가 사이좋게 나고 자라는 숲을 오가며 언제쯤 꽃이 필까 설레는 마음으로 진달래 앞에 선다. 그리고 진달래 겨울눈을 보고 또 본다. 그러기를 며칠, 어느 순간 꽃들이 벅차게 피어오른다.

이렇듯 꽃을 기다리는 시간은 언제나 느리게 흐르지만 일단 꽃이 피기 시작하면 그 속도를 눈으로 다 따라가지 못할 만큼 한순간에 가득 피어난다.

손꼽아 기다리던 진달래가 피면 이제 정말 봄이 온 것처럼 마음이 따스해진다. 꽃이 주는 온기를 온 마음으로 느끼며 진달래꽃이 가득한 숲길을 걷는다. 선물처럼 꽃들이 매일 찾아오는 봄이 왔으니 나도 이제 스케치북에 새롭게 시작된 계절을 담을 준비를 한다.

진달래는 우리에게 참 친숙한 봄꽃이다. 꽃 이름을 잘 모르는 사람들도 진달래는 다 알고 있을 듯하다. 그런데 의외로 진달래와 철쭉을 구별하지 못하겠다는 사람들이 많다. 진달래는 3월 말에서 4월 초쯤 잎보다 꽃이 먼저 피고 철쭉은 4월 말부터 진달래보다 큰 꽃이 잎과 함께 핀다. 진달래는 약간 짙은 분홍빛을, 철쭉은 연분홍빛을 띤다.

또 하나, 산철쭉도 같이 살펴보면 꽃은 진달래보다 더 짙은 분홍빛에 철쭉처럼 잎과 함께 피니 이 셋을 구별하기가 힘들 수도 있겠다. 다 같은 진달래과의 식물이니 비슷해 보일 수도 있지만 제일 먼저 피는 진달래부터 차근차근 특징을 살펴보면 서로 다른 모습을 하고 있음을 알게 될 것이다.

진달래는 다섯 갈래로 갈라진 열매 껍질과 1~5개의 겨울눈을 가지 끝에 달고 겨울을 지낸다. 잎보다 꽃이 먼저 피어 겨울빛이 남아 있는 숲을 분홍빛으로 물들인다. 진달래꽃은 끝이 다섯 갈래로 갈라진 통꽃으로, 꽃잎보다 긴 하나의 암술과 꽃잎과 비슷한 길이의 열 개의 수술이 있다. 수정에 유리하도록 끝이 모두 꽃 쪽으로 구부러져 있다. 다섯 갈래의 꽃잎 중 위쪽 가운데 꽃잎에 옅은 반점이 흩뿌려져 있다. 진달래만 정확히 알아도 철쭉과 산철쭉은 바로 구분하기가 쉬워질 것이다.

먹을 수 있는 꽃이라 '참꽃'이라고 부르는 진달래는 예로부터 삼월 삼짇날에 진달래화전을 해 먹었다고 한다. 시골에 살면서 봄마다 숲에 흐드러지게 피어나는 진달래를 그냥 지나칠 수가 없어 엄마와 함께 예쁜 화전을 만들어보았다. 찹쌀을 곱게 갈아 반죽을 만들어 꽃 크기만큼 납작하게 프라이팬에 붓고 한쪽 면을 먼저 익힌 후에 뒤집어 익힌 쪽 위에 진달래를 납작하게 올려 다시 뒤집어서 살짝만 익혀주고 다시 뒤집어 반대편을 마저 익히면 선명한 분홍빛의 진달래화전이 완성된다. 처음부터 꽃을 얹어 익혀보니 빛깔이 곱게 나오지 않아 몇 번의 시행착오를 거쳐 예쁜 빛깔의 화전을 만들었다.

분홍빛 색종이를 오려 붙인 듯 귀여운 진달래화전을 앞집 분들과 조금씩 나눠 먹느라 접시에 담아 들고 길을 나섰다. 동네 길을 걷는 내 얼굴에 절로 미소가 지어졌다. 꽃에서 특별한 맛이 나지는 않지만 그 고운 모습을 보는 것만으로도 미소 짓게 만드는 마법의 화전이다.

얇은 꽃잎을 펼치고 가녀린 모습으로 피어나는 진달래는 사실 마냥 어여쁘기만 한 나무는 아니다. 진달래가 사는 땅은 의외로 다른 식물들은 잘 살지 못하는 척박한 곳이다. 특히 소나무가 자라는 주변은 소나무가 다른 식물들을 자라지 못하게 하는 성분을 내뿜어 성장을 방해하는 타감작용이 일어나는데 진달래는 이곳에서도 살아남는 강인한 생명력을 갖고 있다. 오히려 척박한 땅을 비옥하게 바꾸어놓는 개척자 역할을 한다. 이렇게 비옥해진 땅으로 참나무류가 들어오면 진달래는 자리를 빼앗기기도 하지만 척박한 땅을 비옥하게 변화시키는 일을 멈추지 않는다.

숲에서는 승자도 패자도 없이 모든 것이 돌고 도는 톱니바퀴처럼 서로의 삶이 정교하게 맞물려 있다. 멈춰 있지 않고 끝없이 변화하며 삶의 터전을 공유한다.

씨앗은 어디로 이동하게 될지 알 수 없지만 자신이 떨어진 곳에서 어떻게 살아내야 할지는 선택할 수 있다. 진달래가 선택한 삶의 방법은 척박한 땅을 비옥하게 만들어 스스로에게 좋은 환경으로 변화시키는 것이다. 그리고 비옥하게 만든 땅으로 다른 식물들이 들어올 수 있도록 터를 다져주는 것이다.

진달래 숲에 들어서면 땅뿐만 아니라 척박한 우리 마음도 비옥하게 만들어주는 변화가 있길 바라본다. 그 마음으로 진달래를 오래 바라본다. 마음이 붉게 물든다. 봄이다.

참꽃, 다부진 삶을 살아가는 진달래에게 참 잘 어울리는 별명이란 생각이 든다.

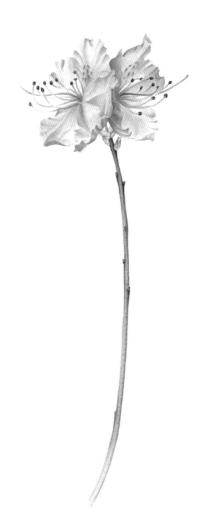

진달래

진달래과

Rhododendron mucronulatum Turcz.

행복을 나누고 너른 품으로 안아주는 마음

머위

흙에 붙어 있는 저 초록 뭉치는 뭘까. 가까이 다가가본다. 처음 보는 초록빛의 꽃. 마치 얼어 있던 땅에 예쁜 브로치를 달아놓은 듯 싱그럽게 반짝인다. 흔히 '꽃' 하면 예상되는 모양이 있는데 이 꽃은 그 예상을 한참 빗나간 모양이다. 색깔도 우리가 쉽게 떠올리는 빨간 꽃, 노란 꽃도 아닌 초록 꽃이라니. 첫눈에 반해버린 이 꽃의 정체는 머위다.

시골에 살면서 만나게 된 머위는 나의 작은 화단에서부터 집 앞 자두나무 아래, 우물가를 따라 가득 피어난다. 습기가 있는 땅을 좋아하는 머위는 물을 맑게 하는 작용도 한다고 하니 마음씨도 고운 식물이다.

머위에게 꽃을 보고 반했는데 잎한테 또 한 번 반했다. 긴 연두

빛 줄기를 우아하게 올리고 그 끝에 춤추듯 나풀거리는 커다란 잎을 달고 있는 모습이 마치 작은 꽃을 보호하려고 활짝 편 다정한 우산 같다. 꽃과 잎이 참 잘 어울리는 모습이다.

생각해보니 머위를 처음 만난 건 집 화단에서가 아니다. 시골로 이사 오기 전부터 부모님 집에 오면 엄마가 봄에 머윗대를 볶아 주시곤 했다. 그땐 먹으면서도 식물 전체의 모습을 궁금해한 적이 없었는데 이곳으로 내려와 식물 그림을 그리면서 머위의 모습을 제대로 보게 되었다.

우리가 그동안 반찬으로 먹었던 머위는 잎자루 부분으로 겉을 감싸고 있는 질긴 겉껍질을 벗겨낸 것이었다. 부드럽고 아삭한 부분에 간 들깨를 넣어 들기름에 볶아 먹곤 했다. 그 머윗대가 이렇게 근사한 잎의 한 부분이었음을 그제야 알게 되었다.

머위의 진짜 모습을 알게 된 후부터 봄마다 머위꽃이 땅에서 얼굴을 내밀 때면 해마다 보는데도 여전히 반갑고 신기하다. 어떻게 땅에서 꽃이 '빼꼼' 하고 나오는지 그 시작을 볼 때마다 너무 신기하다.

국화과인 머위는 여러 송이의 꽃이 다발을 이루고 있다. 꽃술처럼 보이는 부분이 여러 송이의 꽃들이 모여 핀 모습이고, 꽃잎처럼 보이는 부분은 꽃을 감싸고 있는 포다. 암꽃과 수꽃이 따로 나서 식물을 그릴 땐 그 둘을 구분해 관찰하고 그리게 된다. 암 꽃과 수꽃은 빛깔도 흰색과 연노랑빛으로 살짝 다르고 암꽃은 땅에 붙어 있다가 키가 쑥하고 커져 그때는 구별하기가 더 쉽다. 꽃도 예쁘지만 꽃보다 늦게 나오는 잎은 긴 줄기를 내고 커다란 우산을 펴듯 초록 물결을 나풀거리며 봄부터 가을까지 긴 시간 숲에 머문다. 어찌 보면 잎이 꽃보다 더 화려하다.

머위는 집 주변뿐만 아니라 곳곳에 참 잘 퍼져나간다. 숲속 꽃밭 주변에 오래전부터 살고 있는 머위는 그곳에 옮겨 심어 가꾸는 꽃들보다 생명력도 강하고 피어 있는 시기도 길다. 특별히 돌봐 주는 것 하나 없는데 화단의 꽃들보다 더 풍성하고 아름답게 피어나니 내겐 늘 화단을 절로 채워주는 고마운 식물이다. 숲속 꽃밭엔 집 화단에 있는 꽃들을 여러 종류 옮겨다 심었는데 고라니가 거의 다 먹고 붓꽃만 주로 꽃을 피우고 있다. 힘들게 심은 꽃들이 제대로 버텨내지 못하는 야생에서 머위는 아무렇지 않은 듯 싱그럽게 그 영역을 잘도 넓혀간다.

몇 해 전부터 화단에 가득한 꽃을 숲속으로 옮겨 심고 있다. 수 레에 호미, 삽, 물 주는 주전자와 옮겨 심을 꽃을 가득 싣고 힘 겹게 숲속 꽃밭에 도착하면 그곳엔 늘 사람의 돌봄 없이 풍성히 자란 커다란 머위잎이 애썼다며 나를 반갑게 맞아준다. 이리저 리 머릿속으로 꽃을 심을 자리를 생각하며 분주하게 움직인다.

가끔 내가 심은 꽃들보다 빠르고 튼튼하게 번져나가는 머위를 보고 있으면 꽃은 이쯤 심고 남은 밭은 머위에게 맡겨볼까 꾀가 나기도 한다. 그래도 집 작은 화단에 늘어나는 꽃들에게 더 넓은 곳으로 자리를 옮겨주고 싶은 마음으로 시작한 것이니 더디더라도 하나씩 꾸준히 심어보기로 다시 마음을 다잡는다.

숲속 꽃밭에 저절로 나는 머위에게 더 마음껏 퍼져나가도록 언제나 자리를 후하게 내어준다. 말하고 보니 사실 이곳은 머위의 자리인데 내가 이꽃 저꽃 심으며 마치 머위에게 인심 쓰듯 말한 것 같아 미안한 마음이 들기도 한다. 나풀거리는 커다란 잎으로 화단을 풍성히 만들어주는 머위에게 오히려 고맙다는 말을 전해야겠다.

숲에 내리쬐는 맛있는 햇빛을 서로 나누고 자신의 자리도 내어주며 숲으로 이사 온 꽃들이 낯설어하지 않도록 품어주는 머위가 있어서 든든하다. 식물들은 자신의 영역을 치열하게 넓혀가기도 하지만 주변의 식물들을 서로 품어주기도 한다. 나의 꽃밭도 그렇게 머위 품에 안겨 숲이 되어간다.

갈색 낙엽으로 덮혀 있던 땅에 햇빛이 똑똑 노크를 하면 연초록 머위꽃이 수줍게 얼굴을 내민다. 머위꽃이 핀 자리마다 엄마 품에 피어난 예쁜 브로치 같아 마음이 따뜻해진다.

머위

국화과
Petasites japonicus (Siebold & Zucc.) Maxim.

바람이 불어도 괜찮아

개양귀비

5월의 햇살은 언제나 따스하다. 더디게 찾아오는 봄도 5월엔 가속도가 붙는다. 곧 치열한 여름이 올 테니 여린 봄꽃들은 부지런히 꽃을 피워야 한다. 화단에 사는 개양귀비는 일찍부터 새싹을 내고 잎을 키우고 있다. 봄비와 햇살로 키워 올린 꽃대들은 가느다란 털이 울퉁불퉁 난 꽃봉오리를 달고 고개를 푹 숙인 채 꽃으로 피어날 때를 기다린다. 고개를 들 수 있을까 싶을 정도로 휘어진 가느다란 줄기는 햇살의 응원을 받으며 천천히 고개를 들어 마침내 붉고 탐스러운 꽃을 피워낸다. 너무도 조심스러운 모습에 꽃 피기를 숨죽여 기다리게 된다.

봉오리 속에 꼬깃꼬깃 접어놓은 꽃잎을 펼쳐 완벽한 한 송이 꽃을 피워내면 그때부터 여기저기서 꽃봉오리들이 기다렸다는 듯이 고개를 들어 화단은 금방 붉은 꽃으로 가득해진다. 꽃다지,

냉이꽃, 제비꽃, 양지꽃 등 작은 꽃들로 시작된 봄은 어느새 화려한 꽃들로 더 풍성해진다.

환경에 따라 30~80센티미터쯤 자라나는 개양귀비는 붉은색 외에도 주황색, 분홍색, 흰색 등 다양하게 꽃이 핀다. 가느다란 줄기에 6~9센티미터의 커다란 꽃이 한 송이씩 피어나는데 바람이 조금 스치기라도 하면 금방이라도 쓰러질 듯 흔들리지만 결코 쓰러지지는 않는다. 춤추듯 하늘거리는 개양귀비는 줄기와 꽃의 묘한 무게감 덕분에 바람에 더 유연한 모습인 듯하다.

개양귀비는 바람이 불 때 더 빛을 발하는 바람의 단짝 같은 꽃이다. 바람에 쉴 새 없이 나부끼는 얇고 커다란 꽃잎은 속에 두 장, 겉에 두 장씩 마주 보며 엇갈린 방향으로 배열되어 있어 흔히 보는 동그란 꽃하고는 다른 독특한 형태다. 꽃도 화려한데 그 안에 있는 암술과 수술은 개양귀비의 화려함을 한층 더한다. 암술머리는 8~16개로 둥근 물결무늬를 이루며 통 모양의 씨방에 뚜껑처럼 덮여 있다. 수술은 붉은 기가 도는 짙은 검은색으로, 붉은 꽃을 더욱 돋보이게 한다. 꽃잎의 안쪽으로 검거나 흰 띠가 같이 있는 무늬도 볼 수 있다. 멀리서 보면 붉기만 한 것 같지만 가까이에서 보는 꽃은 저마다 무수히 많은 고유한 특징들을 간직한 채 피어난다.

사람들이 개양귀비를 그냥 양귀비로 부르는 경우가 있는데 정확히 이름을 구별해서 기억해야 한다. 개양귀비와 양귀비는 둘 다 양귀비과 식물이지만 이 둘을 혼동해서는 안 된다. 우리가 원예용으로 흔히 볼 수 있는 개양귀비와 달리 양귀비는 마약 성분이 있어서 우리나라에서는 재배가 금지되어 있기 때문이다. 양귀비는 개양귀비보다 꽃도 잎도 더 크고 힘이 있다. 잎과 줄기엔 흰빛이 많이 돌아 빛깔에서부터 확연한 차이를 보이고 열매의 모양도 밥공기 모양을 한 개양귀비와 다르게 오동통하고 동그란 모양이다.

혹시라도 '우리 집 화단엔 양귀비가 많이 있어요'라고 말하면 듣는 사람이 깜짝 놀랄 수 있으니 이름을 정확히 익혀두면 좋을 것 같다. 물론 개양귀비를 양귀비라고 잘못 말하는 경우가 대부분이지만 잘못 알고 정말로 양귀비를 심을 수도 있으니 말이다.

개양귀비와 닮은 모습의 키가 작은 좀양귀비도 간혹 집 주변에서 보인다. 처음엔 늦게 싹을 틔워 키가 작은가 싶었는데 찾아보니 좀양귀비라는 이름을 가진 20센티미터 정도의 작은 풀이었다. 개양귀비의 축소판 같은 귀여운 모습이다. 좀 더 옅은 주황색 꽃잎과 작은 키 그리고 5~7개인 암술머리로 쉽게 구별할 수 있다.

개양귀비는 흔히 볼 수 있는 꽃이어서 우리에게 익숙하지만 처음부터 이 땅에서 나고 자란 꽃은 아니다. 유럽이 원산지인 귀화식물이다. 꽃이 예뻐서 원예용으로 들여와 화단에 심던 것이 화단을 넘어 더 넓은 곳으로 번져 야생화되면서 더 가깝게 만나게 된 것이다. 개양귀비의 작은 씨앗들은 화단에만 머물기엔 그 수가 너무 많다.

우리 집 화단에 조금 피어 있던 개양귀비도 그 작은 화단이 들판인 듯 번져가더니 급기야 화단을 넘어 길가로 번져가고 있다. 동네 분들이 심어놓은 개양귀비도 화단보다 더 풍성히 길가로 번져가 바람에 살랑이는 붉은 물결을 이룬다. 어느 집에서 시작되었든 개양귀비는 곧 우리의 꽃이 된다. 멀리서 온 개양귀비의 친화력 덕분에 부쩍 우리와 가까운 사이가 되었다. 어떤 꽃들은 내 화단에 심어놓으면 계속 나의 꽃이라 부를 수 있겠지만 개양귀비는 동네 길가로 번져 어느새 우리의 꽃이 된다.

개양귀비는 5월부터 9월까지 꽤 긴 시간을 피고 지며 우리와 함께한다. 그렇게 아름다웠던 꽃에게도 이제 꽃잎을 떨궈야 하는 시간이 왔다. 바람 덕분에 피어 있을 때 더 아름다웠던 개양귀비의 꽃잎은 질 때도 바람과 함께 흩어져 다시 흙으로 돌아간다. 오랜 시간 동안 무수히 많은 씨앗들을 남겨 더 풍성해질 다음 봄을 기대하게 한다.

개양귀비

양귀비과
Papaver rhoeas L.

꽃들은 자신의 '때'를 놓치지 않는다

현호색

집에서 숲으로 가려면 두 갈래의 길이 있다. 한쪽 길은 짐을 신고 가기에 좋은 포장길이고 다른 한쪽은 계단식 논길이다. 운동삼아 좀 더 돌아서 가거나 짐이 있을 때는 포장길로 가고 그렇지 않을 때는 주로 논길을 지나 숲으로 간다.

추수가 끝나고부터 비어 있던 논은 겨울엔 하얀 눈밭이 되고 봄엔 봄비로 조금씩 습기를 머금으며 다시 새로운 한 해를 준비한다. 4월의 논은 여전히 비어 있고 논 주변엔 지난 계절의 풀들이 빛바랜 모습으로 우두커니 서서 아직 스러지지 못한 채 맴돈다. 빼곡히 자리한 마른풀들을 보고 있으면 다른 식물이 자랄 수 있을까 싶은데 어김없이 새 생명이 움트는 것을 보면 생명의 힘이 대단함을 다시 한번 느낀다.

마른풀들 틈으로 피어나는 이른 봄꽃은 바로 맑은 하늘빛을 닮은 현호색이다. 높이가 20센티미터인 작은 키의 현호색이 누구보다 부지런히 봄꽃을 피운다. 휑한 느낌이 드는 논 주변이지만 봄 햇살만큼은 풍부하다. 작은 꽃들은 이렇게 최대한 경쟁을 피해 얼른 꽃을 피우고 열매 맺는다. 그렇지 않으면 큰 풀들에 가려 햇빛 한 모금 마시기도 어려운 처지가 되기 때문이다. 꽃들은 이렇게 자신의 때를 놓치지 않고 부지런히 꽃을 피워낸다.

현호색은 푸른색, 보라색, 분홍색이 골고루 섞여 무리 지어 피어난다. 작고 여린 줄기에는 꽃자루마다 새가 날아와 앉은 듯 앙증맞은 모습이다. 삐죽 내민 꽃잎은 입술을 닮은 모습이고 길게 뻗은 꿀주머니(거)는 끝으로 갈수록 살짝 아래로 휘어진다. 금방이라도 날아갈 듯이 대롱대롱 매달려 있지만 꽃자루가 꼭 잡고 놓아주지 않는다. 내가 식물세밀화로 그린 현호색은 푸른빛으로, 잎이 댓잎을 닮아 댓잎현호색으로 불리던 꽃이다. 지금은 DNA가 같아 현호색에 통합되어 학명이 같다.

집 주변에서 현호색을 처음 만난 건 논 주변이었지만 숲의 가장자리에서 또 한 무리의 현호색을 만났다. 복숭아 농사철에 열매를 포장하던 작업장이 있던 곳인데 여름에서 가을 사이에만 쓰던 장소여서 그땐 현호색을 볼 수 없었다. 이른 봄 작업장을 둘러보러 나갔다가 그 주변에 가득 피어 있던 현호색을 보고 얼마나 놀랐던지. 시기가 다를 뿐 바로 옆에 있었는데 모르고 지나간 것이 아쉽기만 했다. 그 뒤로 봄마다 더 자주 찾아가 현호색과 인사를 나눈다.

현호색은 이른 봄에 잠깐 피고 지니 늦장을 부리면 놓치기 쉽다. 아주 작은 꽃들이 이렇게나 많다는 걸 이곳에 살면서 새삼 알게 되었고 큰 꽃에 마음 설레는 동안 작은 꽃들의 부지런함을 미처 알지 못한 것이 미안하게 느껴졌다.

꽃이 피는 때를 맞춰 꽃을 만난다는 건 계획대로 되지 않는다. 매해 꽃 피는 시기가 앞당겨지거나 늦춰지기도 해서 꽃 피는 시기 전후로도 부지런히 둘러봐야 한다.
꽃을 만나겠다고 숲과 논 주변을 오가는 내 모습이 나도 신기할 정도로 씩씩하게 변해 있다. 봄꽃들 덕분에 나도 그들의 부지런함을 조금씩 닮아가고 있는 것 같다. 참 고마운 일이다.

현호색

현호색과

Corydalis remota Fisch. ex Maxim.

3

여름
Summer

하루하루 벅차게, 오늘을 살아요

왕원추리

숲은 반가운 여름 철새들의 지저귐으로 가득하다. 초록 잎 사이로 날아오르는 노란 빛깔의 꾀꼬리를 볼 때면 여름이 더욱 깊어감을 느낀다. 계절 따라 변해가는 건 그 숲에 살아가는 식물만이 아니다. 여름마다 찾아오는 후투티, 쏙독새, 뻐꾸기 같은 철새 손님들 덕분에 숲에 머무는 시간이 더욱 풍성해진다.

여름이 깊어갈수록 숲은 더욱 짙은 초록으로 가득해진다. 멀리서 숲을 바라보면 세상의 모든 초록을 다 모아놓은 듯 온통 초록 물결로 넘실거린다. 나뭇잎들의 초록 물결이 이는 숲으로 더 가까이 들어서면 나무들은 가지를 키우고 무성한 잎을 내 곳곳에 커다란 나무 그늘을 만든다. 그 그늘 속을 걷다 보면 햇빛을 받은 나뭇잎과 그늘에 있는 나뭇잎 사이에 무수히 많은 초록이 존재함을 온몸으로 느낀다. 가장 밝은 초록에서 검정에 가까운 어두운 초록까지 여름숲에서 만나는 초록의 다양함과 싱그러움은 숲의 모든 초록을 그려보고 싶은 마음이 들게끔 한다.

숲 산책길에 고개를 들어 하늘 높이 솟아 있는 나무를 바라보면 복잡하게 뻗어 있는 나뭇가지 사이로 조각난 파란 하늘이 멋진 순간을 선물해준다. 초록 숲에 푹 빠져 산책하고 돌아오는 길, 이번엔 집 화단에 주황빛의 왕원추리가 상큼한 비타민처럼 기운을 북돋아준다.

봄부터 새순을 올리고 잎을 키우던 왕원추리는 봄꽃들이 가득 피어날 때도 서두르지 않고 잎을 키우며 여름을 기다린다. 여름 내내 피어나는 왕원추리는 아침에 피고 저녁에 진다 해서 영어권에서는 '데이 릴리Day Lily'라고 불린다. 왕원추리는 하루에 한 송이가 피고 지고 다른 꽃이 또 이어서 핀다.

우리 집에는 홑꽃으로 피는 홑왕원추리와 겹꽃으로 피는 왕원추리가 함께 피어난다. 왕원추리는 몇 해 전 아랫마을 산책 중 만난 꽃인데 풍성한 모습이 참 예뻐서 한 뿌리 얻어 와 화단에 심었다. 다음 해에 피어날 왕원추리를 기대하며 기다렸는데 겹이 아닌 홑꽃이 펴서 무슨 일인가 싶었는데 그다음 해에 드디어 겹으로 꽃이 피었다. 옮겨 심은 첫해에는 홑꽃으로 폈다가 두 번째 되는 해에 겹으로 피어난다는 것을 심어보고 알게 되었다.

포기 나눔을 해서 다른 곳으로 옮겨주면 또 한 해는 홑꽃으로 피게 되니 한 해를 걸러야 하는 아쉬움에 아직 마음의 준비가 되지 않았다. 그래서 포기 나눔을 하지 못하고 있다. 그래도 작은 화단이 다 왕원추리로 점령당할 수 있으니 다양한 꽃들이 살아갈 수 있도록 왕원추리도 일부 슬슬 이사할 곳을 알아봐야겠다. 우선은 집 주변으로 먼저 옮겨주는 게 좋을 듯하다.

겹꽃은 수술이 변해서 꽃잎이 된 것인데 왕원추리 꽃에 수술의 흔적이 남아 있다. 수술대가 넓어지면서 꽃잎이 되어가는 모습이 고스란히 꽃잎에 남은 것이다. 왕원추리는 씨앗을 맺지 않는다고 하니 그 수술이 변해 꽃잎이 되어도 왕원추리 입장에선 외모가 화려해진 것 말고 크게 달라지는 건 없을지도 모르겠다. 씨앗을 맺지 못해도 하루에 꽃 한 송이 피워내는 것을 왕원추리는 게을리하지 않는다.

몇 해 전 숲속 입구에 왕원추리를 조금 옮겨 심었는데 앞집 이웃 분이 지나가시면서 '고라니 밥이네'라고 하셨다. 그 말대로 정말로 심기 무섭게 고라니가 뜯어 먹어서 다음 해에 잎이 몇 개 삐쭉 나오다 말았지만 그곳에 더 옮겨 심고 싶다. 고라니가 먹다 남으면 꽃이 될 테니 그때까지 계속 심어보려 한다.

고라니는 숲에도 화단에도 어김없이 등장하는 방해꾼이다. 그럼

에도 불구하고 고라니를 좋아한다. 식물을 먹고 사는 건 나도 마찬가지니 꽃을 먹었다고 타박할 수는 없다. 당연한 먹이 활동을 말릴 길도 없다. 나도 꽃차 만들기를 좋아해서 꽃을 많이 먹는다. 고라니와 나는 꽃에게는 같은 존재일지도 모른다. 그 대신 나는 더 많은 꽃을 심어 자연에게 다시 돌려주고 있다고 꽃에게 조금은 변명하고 싶기도 하다.

왕원추리는 근심 걱정도 잊게 해줄 만큼 아름다워서 '망우초'라고도 불린다. 모든 꽃은 마음속 어둠을 물러나게 하는 힘을 가지고 있음을 매일 새롭게 피어나는 꽃을 보며 새삼 느낀다. 바라보는 것만으로도 어둡고 지쳐 있던 마음이 조금씩 밝아지고 아팠던 몸과 마음도 치유가 되는 것을 꽃과 함께한 시간 속에서 직접 체험하며 살아가고 있다. 사람의 백 마디 말보다 꽃이 전하는 위로가 훨씬 마음에 와닿을 때가 많다.

꽃 한 송이 피고 지는 모습에서 내 삶을 비춰보게 된다. 일 년을 기다려 하루를 핀대도 그 한 송이를 아름답게 피워내는 꽃을 보며 나의 하루도 꽃처럼 정성을 다해 피워내야겠단 생각을 하게 된다. 꽃은 이렇게 말없이 나의 마음을 움직인다.

왕원추리

백합과

Hemerocallis fulva (L.) L. f. *kwanso* (Regel) Kitam.

삶도 식물도 가까이, 가만히 봐야 보인다

물레나물

부모님이 시골로 내려오신 후부터 나도 매해 시골에 내려와 농사철엔 일손을 조금씩 보태곤 했다. 서울에서 시골로 오가던 길에 펼쳐지던 계절 따라 변하는 논의 풍경이 아직도 눈에 선하다. 고속버스를 타고 서울을 벗어나 안성으로 오던 길은 도로를 따라 양옆으로 꽤 넓은 면적의 논이 끝없이 펼쳐졌다. 농사를 준비하는 봄엔 논마다 물이 가득 차 잠시 연못이 되었다. 그때마다 맑고 푸른 하늘이 그대로 논에 비쳐 비현실적인 느낌이 들 정도로 아름다운 풍경을 선물해주었다.

모를 심고 나면 계절은 어느새 여름으로 변해 연초록에서 진초록으로 논 색깔이 짙어졌다. 가을엔 노랗게 물든 자연의 빛깔에 압도되어 버스를 타고 가는 내내 눈을 뗄 수가 없었다. 겨울엔 특히 논마다 설치미술처럼 기이하게 덩그러니 놓여 있던 흰 뭉치들이 마시멜로처럼 오동통하니 귀여운 모습으로 겨울 풍경을 장식했다. 늘 그 정체가 궁금했는데 시골로 이사를 와서 살다 보니 하얀 마시멜로의 정체도 알게 되었다. 가을 추수가 끝난 볏짚을 모아 다양한 용도로 짚을 필요로 하는 곳에 공급할 목적으로 포장해놓은 것이었다. 어느 날은 동네 산책 중 그 마시멜로가 만들어지는 과정을 가까이서 볼 기회도 있었다. 시골길은 내게 커다란 색종이처럼 계절마다 아름다운 모습으로 내 마음을 물들였다.

시골로 작업실을 옮기고부터 버스를 타고 구경하던 들판의 사계절을 보는 횟수는 줄었지만 그 대신 더 가까이 논을 오가고 있다. 부모님이 농사짓는 논은 숲을 따라 계단식으로 개간된 논이라 숲속까지 연결되어 있다. 이곳으로 이사와 살면서 벌써 10여 년이 넘도록 논의 변화를 지켜봤지만 여전히 아름답다.

논마다 시냇물이 가득 고여 층층이 연못이 되는 봄엔 작은 논마다 칸칸이 주변의 모습들이 비치는데 그 모습이 참 아름답다. 초승달, 보름달, 복숭아꽃, 하얀 구름, 앞집의 파란 지붕, 먹이 사냥을 나온 새들의 모습도 모두 수면 위에 아름답게 떠오른다.
이렇게 맑게 반짝이던 논에 모를 심고 그 모가 자라 초록빛으로 풍성해지는 여름, 그곳엔 벼와 함께 커가는 다양한 식물이 있다. 멀리서 하늘하늘 커다란 꽃이 바람에 흔들린다. 가까이 다가갔는데 노오란 꽃잎에 붉은 수술과 암술이 가득한 화려한 모습의 꽃이 피어 있다. 논둑에서 만나는 꽃은 대개 아주 작은 꽃들이 많은데 이 꽃은 꽃 한 송이의 크기가 5센티미터 정도로 큼직하다. 도감에서 찾아보니 여름꽃, 물레나물이다.

꽃잎을 자세히 보면 다섯 장의 꽃잎이 모두 같은 방향으로 물레바퀴처럼 돌아가는 모습이다. 그래서 물레나물이란 이름이 붙여졌다고 한다. 초록 벼가 가득한 논둑에 홀로 서서 더운 여름 바람개비처럼 피어 있는 모습이 여름과 참 잘 어울린다는 생각이 들었다. 우리도 계절마다 그 계절에 어울리게 옷을 입듯이 꽃들도 그들이 피어나는 계절과 어울리는 모습으로 옷을 갈아입는다.

물레나물은 산기슭이나 물가에서 자라는 여러해살이풀로 햇빛과 반그늘에서 모두 잘 자란다. 논둑은 풀을 자주 깎아줘야 한다. 논둑에 있으니 깎일 운명에 놓인 물레나물을 한 뿌리 집으로 데려와 화단에 심었다. 매해 곁에 두고 빙글빙글 돌아가는 꽃잎과 마주하는 것이 여름 화단에서의 소소한 낙이기도 하다.

가을에 익는 물레나물 씨앗은 크기는 아주 작고 양은 많다. 화단에도 몇 군데 씨앗이 날아가 자리를 잡았는지 반가운 꽃이 피어난다. 올해는 씨앗을 받아 물레나물이 태어난 논둑에 다시 뿌려줘야겠다. 내년 여름에는 더 많은 물레나물을 논에서 만날 수 있을 것이다.

멀리서 풍경으로 바라보면 논에는 벼만 자라는 듯하지만 사실 자세히 들여다보면 아주 많은 식물들이 함께 살아간다. 식물을 그리며 논둑에 피어나는 풀꽃들을 더 눈여겨보게 되었다. 덕분에 더 풍성한 세상이 더해졌다.

내가 그린 꽃들은 이곳에서 만난 소중한 존재들이다. 내가 아프지 않았다면, 이곳으로 내려오지 않았다면, 식물을 그리지 않았다면, 이 논둑을 걷지 않았다면 만나지 못했을 식물들. 가까이 다가가야 비로소 만나게 되는 반짝이는 순간들을 마주한다. 물레나물이 내게 예상치 못한 반짝이는 순간을 선물해줬다. 풍경으로 바라보았을 때도 아름다웠지만 삶의 터전에서 가깝게 만나는 식물들이 더 애틋하게 다가온다.

시골에서 살기 전에는 작물을 키우는 논 주변에 이렇게 피고 지는 꽃들이 많으리라 생각도 못했다. 물레나물과의 우연한 만남은 논에 사는 다른 식물들에게도 관심을 갖는 시작점이 되었다. 덕분에 매해 논둑에 피어나는 꽃들을 만나고 있다. 그리고 새롭게 알아가는 식물들이 점점 늘어나고 있다. 논둑의 식물들을 소개해준 물레나물처럼 내가 그리는 식물 그림도 이 그림을 보는 누군가에겐 식물과 더 가까워지는 반짝이는 순간이 되었으면 좋겠다.

물레나물

물레나물과

Hypericum ascyron L.

묵묵히 시간을 견디는 법

범부채

작업실의 하루는 여느 때와 마찬가지로 지붕에 사는 참새들의 지저귐으로 시작된다. 화단의 오른쪽 끝에는 사과나무와 대추나무가 한 그루씩 나란히 서 있는데 참새들은 지붕에서 대추나무로 이동하여 그곳에서 털 매무새를 가다듬으며 먹이 사냥에 나설 준비를 한다. 참새들이 하루 종일 분주하게 오가는 이 작은 공간 안에 서서히 여름의 무더운 공기가 차오른다.

화단엔 비비추와 원추리, 은방울꽃 잎이 가득 피어나 작은 화단을 초록으로 뒤덮는다. 봄부터 키워 올린 무성한 붓꽃 잎들도 낭창낭창 휘어진 잎들을 뽐내며 여름 초록을 더한다. 부러 심은 꽃들과 그 사이로 저절로 자란 풀꽃들이 서로 얼굴을 맞대고 반가운 인사를 나누는 아침. 여름에만 느낄 수 있는 '빈틈없는 초록'

이 풍성하게 느껴진다.

여름이 무르익어가는 이맘때쯤 큼직큼직한 꽃과 잎을 자랑하는 여름 꽃들 사이로 잎을 부채처럼 펼치는 식물이 있다. 한 잎씩 어긋나며 자라는 기다란 잎이 차례로 펼쳐지며 부채 모양을 만든다. 수많은 식물들의 잎을 관찰했지만 범부채의 잎은 참 볼수록 신기하다. 그 잎들 사이로 기다랗게 꽃대를 올리고 상큼한 주황색 꽃을 피워내는데 작은 크기의 꽃잎들 위로 짙은 점들이 흩뿌려져 있다. 이 모습이 범의 무늬를 닮았다고 해서 범부채라는 이름이 붙여졌다. 꽃 이름이 참 정겹고 단순해서 마음에 든다. 범이라고 하기엔 너무나 깜찍한 모습의 꽃은 보기만 해도 웃음이 난다. 부채처럼 펼쳐진 초록 잎들이 더위를 조금은 식혀주는 듯하다.

호피 무늬가 새겨진 작은 꽃은 낮 동안 싱그럽게 피었다가 오후가 되면 수건을 빨아 물기를 짜듯 비틀어진 모습으로 꽃잎을 야무지게 닫는다. 한 치의 흐트러짐 없는 모습은 꽃과 잎, 열매 모두에서 느껴진다. 여름의 화려함 속에서 범부채는 단정함을 택한 모습이다.

범부채는 줄기에서 잎이 돌려 나는 다른 식물들 사이에서 납작하게 피어나 한눈에 알아볼 수 있다. 납작하고 가느다란 몸집에

다 큰 키 때문에 비바람에 쓰러지기가 쉬워 무리 지어 심는 것이 좋다. 바람에 약한 범부채라니 왠지 짠한 마음이 들지만 강한 바람 앞에 흔들리지 않을 생명은 없으니 각자의 방법으로 바람을 이겨내기 위해 애쓸 수밖에.

장마철 장대비에 애써 피운 꽃들이 흔들릴 때면 비가 그만 와줬으면 하는 마음이 들지만 여름 꽃들은 이미 마음에 준비를 한 상태인지라 애타는 내 마음보다는 의연하다.

폭우가 하루도 쉬지 않고 오던 어느 해, 숲속 꽃밭에 가야 하는데 비가 너무 쏟아져 며칠을 가지 못하고 있다가 비가 잠깐 그친 틈에 얼른 간 적이 있다. 쏟아지는 비에 속수무책으로 키 큰 여름 식물들은 서로에게 기대어 쓰러져가고 있었다. 일으켜 세울 수 없어 발만 동동 구르며 처참한 꽃밭을 바라보고 있던 그때 다시 세차게 비가 쏟아졌다. 나는 얼른 비를 피해 비닐하우스로 들어가 비가 그치기만을 기다리고 있었다. 나는 비를 피할 수 있지만 식물들은 그 비를 오롯이 맞으며 그저 묵묵히 한 자리에 서서 그 시간을 견뎌내고 있었다.

장맛비가 그치고 나서 다시 찾아간 숲은 오랜 물세례와 비바람에 지친 모습이다. 다시 찾아온 햇빛에 몸을 맡긴 채 식물도, 땅도 필요 이상의 수분을 공기 중에 털어내며 다시 뽀송했던 삶으로 돌아오기 위해 애쓴다. 긴 장마 속에 그들만의 시련도 끝이

나고 다시 뜨거운 여름 속으로 돌아온 범부채는 햇빛과 함께 싱그러운 모습으로 더욱 반짝이고 있다.

장마가 그치고 나니 이제는 폭염이 우리를 기다리고 있다. 뙤약볕이 내리쬐는 한여름을 견디기 위해 범부채가 납작한 잎들 사이로 진짜 바람을 모으고 있는지도 모르겠다.
시원한 바람 한 줄기가 간절한 이 여름, 범부채는 어찌 알고 자기 잎을 펼쳐 부채를 만들 생각을 했을까. 시원하게 펼친 잎에 잠시나마 더위를 식혀본다.

7~8월 범부채꽃이 지고 나면 9월쯤 오동통한 씨앗 주머니에서 포도처럼 영근 까만 씨앗이 껍질 밖으로 모습을 드러낸다. 그 씨앗들을 한 움큼 손에 쥐고 범처럼 어슬렁 산책에 나선다. 집 주변으로 여름마다 피어날 범부채를 상상하며 걷는 걸음마다 씨앗을 뿌려본다.

바람을 품은 범부채를 무더위에 지친 이에게 선물해주고 싶다. 꽃과 함께 바람도 선물한 것 같아 괜스레 마음이 뿌듯해질 듯하다.

범부채

붓꽃과
Irisdomestica (L.) Goldblatt & Mabb.

마음대로 되지 않아도 괜찮아

좁쌀풀

내가 사는 집은 옛날 시골집이어서 정겨운 느낌이 든다. 요즘 보기 드문 우물도 두 개나 있어서 이토록 시골스러운 모습이 재미있게 느껴진다. 우물 안에는 언제부터 살고 있었는지도 알 수 없는 조그만 물고기까지 살고 있다. 물이 마르지 않는 우물은 비가 오거나 물이 많은 해에는 우물물이 넘쳐 주위를 더 촉촉한 습지로 만든다. 이곳에서 물을 좋아하는 다양한 식물들이 함께 모여 살아간다.

우물가에 하나둘 자리를 잡은 식물들 사이로 큼직하고 화려한 꽃창포를 심고 싶었다. 시골에 내려오고부터 좋아하는 식물들을 집 가까이 두고 싶은 마음이 생겼다. 예전에는 자연을 좋아하고 식물이 있는 곳을 일부러 찾아다니긴 했지만 아파트 베란다에서 식물을 키우고 싶은 마음은 없었다. 식물은 흙에 뿌리를 두고 넓은 자연에서 자유롭게 자라는 것이 그들에게 행복한 삶일 테니 식물을 화분에 들여 집에 두고 싶지 않았던 마음이 가장 컸다. 그런 마음 때문인지 어쩌다 생긴 화분이 있어도 관심이 가지 않았다. 자연에서 만나는 것이 식물에게도 나에게도 좋은 에너지를 주었던 것 같다.

시골로 내려와 식물을 그리기로 했을 때 그동안 봐왔던 식물들의 이름도 정확히 모르는 게 많다는 걸 새삼 느꼈다. 식물을 그리는 이유와 목적은 다 다르지만 식물세밀화라는 장르 안에서 식물을 그릴 때는 식물의 기록적인 면이 큰 비중을 차지해 식물의 정확한 이름과 식물학적인 특징들을 함께 공부하며 그려야 한다. 처음 식물을 그릴 때는 그저 식물이 좋아서 그리게 되었지만 차츰 공부해야 할 게 많이 늘어나다 보니 정보를 잘못 담을까 봐 조심스러워지기도 하고 부담스러워지기도 했다. 그래서 그때부터 수목원도 자주 찾았는데 다행히 집 근처에 수목원이 있어서 다양한 식물들을 만날 수 있었다.
수목원의 주된 목적은 식물의 수집과 연구이다. 다시 말해 수목원은 식물들을 한곳에서 만날 수 있는 최적의 장소이기도 하다. 집 근처 식물원에 갈 때면 특히 습지 식물원을 둘러보기를 좋아했는데 그때 다양한 꽃창포를 만나게 되었다. 그 후로 꽃창포에게 반한 나는 우물가에 꽃창포를 심겠다고 노래를 부르곤 했다.

아빠가 내 이야기를 귀담아 들으시고는 우리 논에 꽃창포가 있다고 하셨다. 어찌나 반갑고 설레던지. 조금 캐다가 우물가로 옮겨 심고 싶다고 했더니 아빠가 몇 포기를 논에서 캐다 우물가에 심어주셨다.

그렇게 한참을 꽃이 피기를 기다렸는데 기다리던 꽃대가 도통 올라오지 않아 가까이 가서 여기저기 살펴보니 아빠가 캐온 식물은 꽃창포가 아니라 천남성과 창포였다. 아직 식물을 많이 모를 때라 잎이나 여러 가지 특징들을 도감을 찾아볼 생각은 하지 않고 꽃창포라는 아빠 말을 굳게 믿고 꽃필 날만 기다리고 있었다. 결국 창포는 커다랗고 화려한 붓꽃을 닮은 꽃창포꽃을 기다리던 내겐 서운함만 가득 안겨주었다. 그때 기다리던 꽃창포 대신 창포 옆에 짠하고 다른 꽃이 피어났는데 그 꽃이 바로 좁쌀풀이었다.

전혀 의도치 않은 식물이 너무도 해맑게 그리고 소담스럽게 꽃을 피웠다. 좁쌀풀의 키는 사람 허리쯤 되게 자라고 가느다란 줄기에 잎들이 3~4개씩 돌려난다. 줄기 끝마다 원뿔형의 꽃대가 올라오고 작은 꽃봉오리들이 참 많이도 달려 있는데, 이런 모습이 좁쌀을 닮아서 좁쌀풀이라는 이름이 붙여졌다고 한다. 꽃이 피면 꽃잎이 다섯 개인 작고 노란 꽃 수십 송이가 가득 피어나 우물가를 밝게 물들인다. 실망도 잠시 새로운 꽃의 등장에 다시 마음이 밝아진다. 꽃은 금방 마음을 밝게 만든다. 꽃 한 송이에 이렇게 마음이 밝아지니 꽃이 가진 힘이 새삼 크게 느껴진다.

좁쌀풀은 작은 꽃들이 참 많이도 피어나는 소담스러운 꽃대를 자랑한다. 그 좁쌀풀이 꽃창포 대신 우물가에 자리를 잡았다. 얼떨결에 창포에 붙어 딸려 온 좁쌀풀은 이곳 우물가가 마음에 드는지 매해 예쁜 꽃을 가득 피우며 인사를 건넨다.

햇빛 쨍쨍한 여름날, 좁쌀풀이 필 때마다 농사일 마치고 돌아오시는 길에 막내딸 준다고 논에서 꽃을 캐다 심어주시던 아빠의 모습이 지금도 생각이 난다. 기다리던 꽃창포는 아니지만 아빠 덕분에 그동안 몰랐던 좁쌀풀을 만나게 되었다.

이곳에서 태어나 기억도 나지 않는 세 살 때까지의 어린 시절을 보내고 도시에서 오랜 시간을 살다가 다시 고향으로 돌아온 건 원래 나의 계획은 아니었다. 하지만 이곳이 나는 아주 마음에 든다. 창포에 딸려 온 좁쌀풀도 내 마음 같을까?

계획대로 살아지지 않아도 주어진 곳에서 또 다른 행복이 시작될 수 있음을, 좁쌀풀하고는 왠지 그런 대화를 오래 나눌 수 있을 것 같다.

좁쌀풀

앵초과

Lysimachia vulgaris L. var. *davurica* (Ledeb.) R.Knuth.

아름다운 고립, 식물과 나만의 시간

참나리

여름엔 다들 집을 떠나 휴양지로 쉬러 가지만 난 여름엔 더더욱 집에만 머문다. 약속도 웬만하면 다른 계절로 미루고 집 밖을 나서지 않기 위해 노력한다.

다행히 집이 초록으로 둘러싸여 있어서 식물을 좋아하는 집순이인 내게 이곳은 최고의 휴양지이자 피서지다. 나만의 숲에서 식물의 시간을 지켜보는 것이 최고의 휴가다. 여름엔 정말이지 아무 데도 가고 싶지 않다. 사실 모든 계절이 그렇지만 말이다. 싱그런 여름이 나를 더 집순이를 만든다.

사계절 식물의 변화를 오롯이 느끼며 살며 이곳에 식물처럼 '심겨진' 후부터 나의 모든 시간은 식물과 함께였다. 식물의 모습은 아침과 저녁이 다르고 오늘과 내일이 다르다. 매 순간 변해가는 식물의 모습은 그림을 그릴 때 더 빠르게 변해간다. 그림을 그리는 속도가 느리다보니 식물은 처음 마주했을 때의 모습이 아니다. 사진과 실물을 함께 보고 그리니 식물의 특징들은 다른 개체를 통해 계속 관찰할 수 있지만 식물과 마주한 시간은 빠르게 흘러간다. 며칠 자리를 비우면 일 년을 기다려온 순간을 놓치고 만다. 그 순간들을 함께하고 싶어서 나는 더 이곳에 고립되기를 선택했다. 그렇게 매해 이곳에서 만나는 반가운 여름꽃, 참나리가 올해 여름도 화단에 가득 피어 반가운 인사를 전한다.

멀리서도 한눈에 보이는 커다란 주황빛의 꽃은 꽃잎이 밖으로 말려 있어 한껏 멋을 낸 치마 같고 그 꽃잎엔 나름 멋 한 스푼을 더한 짙은 점들이 흩뿌려져 있다. 길게 뻗은 수술 끝마다 달려 있는 꽃밥은 발레리나의 토슈즈를 떠올리게 한다. 큰 키에 커다란 꽃들을 달고 바람에 흔들리면 꽃이 꼭 춤을 추는 듯하다.

참나리는 꽃을 통해 씨앗을 맺는 다른 꽃들과 달리 씨앗을 맺지 못해 잎겨드랑이마다 까만 살눈을 만들어 번식하는 독특한 삶을 살아간다. 줄기마다 돌려나 있는 잎겨드랑이마다 까맣고 동그란 살눈이 열리는데 땅으로 바로 떨어져 주위에 자리를 잡고 해마다 풍성하게 세력을 넓힌다. 이 살눈을 받아 화단과 산책길 곳곳에 뿌려둔다.
내가 좋아하는 식물은 사람 손을 타지 않고 스스로 잘 자라주는 식물들이다. 참나리도 그런 식물 중 하나다. 작업실 작은방 옆문 밖으로 참나리를 심었는데 많이 번져서 더 넓은 자리로 매해 옮겨주고 있다.

숲속 꽃밭의 여름은 참나리에게 맡길 생각으로 여러 군데에 옮겨 심었다. 물 주기 힘든 꽃밭에 주전자로 시냇물을 받아 하나하나 정성스레 심고 내려올 때만 해도 곧 가득해질 참나리를 상상하며 마음이 든든했었다. 다음 날 아침, 숲속에서의 하루를 잘 시작했는지 궁금해서 서둘러 올라가니 고라니가 참나리를 먹기도 하고 뽑아 놓기도 해서 어제의 수고가 물거품이 되어버렸다. 속상하긴 했지만 이대로 물러설 수는 없다.

이렇게 옮겨 심은 꽃 중에 고라니가 먹어버리는 꽃들이 많아 숲속 꽃밭에 여름 화단은 아직도 자리를 잡지 못했다. 그나마 다행히 참나리의 알뿌리가 살아 있어 다음 해 봄이 되면 새싹이 다시 나온다. 그중 몇 개는 다시 고라니가 먹기도 하지만 요즘은 무사히 자라고 있는 참나리가 생겼다. 조금은 고라니에게서 잊히고 있는 걸까. 고라니의 무관심이 참나리에겐 한 줄기 희망이다. 옮겨 심은 지 올해로 4년째가 되어가는데 올해 여름엔 꼭 숲속 꽃밭에서도 꽃을 볼 수 있었으면 하는 바람이다.

숲의 모든 식물들은 누군가의 먹이가 된다. 나무는 벌레에게 내어줄 몫까지 계산해서 더 많은 나뭇잎을 낸다고 한다. 참나리도 아직 자리 잡은 개체 수보다 동물에게 먹히는 수가 더 많지만 매해 심는 수를 늘리면 동물들이 먹고 남는 참나리가 생길 것이다. 지금은 나도 벌레에게 내어줘야 할 나뭇잎을 계산하듯 참나리를 더 많이 심지만 어느 순간 자리를 잡게 되면 그땐 참나리 스스로 숲에서 살아갈 방법을 터득하리라 믿는다. 참나리가 어떤 모습으로 숲의 일원이 될지 궁금해진다.

그렇게 얼마만큼은 다시 자연에게 내줘야 함을 참나리도 나도 받아들이고 있다. 참나리는 깊은 숲속보다는 전국의 들이나 개울가에 많이 핀다고 하는데 숲속에서는 이렇게 고라니가 먹어서 자리를 못 잡은 게 아닌가 싶기도 하다. 그래도 나의 꽃밭은 동산에 가까운 낮은 숲에 자리하고 있으니 곧 그곳에서도 참나리다운 왕성한 생명력을 발휘하길 바라본다.

참나리의 커다란 꽃과 말아올린 꽃잎을 그리는 내내 수많은 곡선들 덕분에 함께 춤을 추는 것처럼 행복한 시간이었다. 씨앗을 맺지 못한다고 슬퍼할 일만은 아니라는 듯 참나리는 명랑하다. 다른 방식으로 다음 해를 준비하는 참나리를 보며 모든 조건을 다 갖추지 않아도 그 삶이 충분히 아름다울 수 있음을 다시 한번 생각하게 된다.

멀리서 보면 그냥 늘 보던 꽃이 또 피었구나 할지도 모르지만 가까이 들여다보면 살아가는 모습들이 다양하고 독특하다. 서로를 닮기 위해 애쓰지 않고 서로 다른 모습에 불안해하지 않으며 각자의 삶을 씩씩하게 열어간다. 다양한 식물들이 살아가는 숲은 어느 하나 부족함 없이 서로 잘 어우러진다. 다양한 생명들이 모여 아름다운 숲을 이루어간다. 우리도 자연처럼 다양한 삶의 모습으로 각자 독특한 향기를 내며 살아갈 수 있다면 얼마나 좋을까. 참나리의 당당하고 활기찬 모습에서 결핍은 찾아볼 수 없다. 각자에게 맞는 자기만의 삶의 방식만이 있을 뿐이다.

참나리

백합과

Lilium lancifolium Thunb.

순간을 놓치지 마세요

닭의장풀

여름의 뜨거운 햇살 아래 파란 하늘보다 더 푸른 빛을 가득 품고 피어나는 꽃이 있다. 무리 지어 피어나는 작은 들꽃, 닭의장풀이다. 한여름 더위를 식혀주는 듯한 서늘한 푸른빛이 시선을 사로잡는다. 가까이 다가가 가만히 들여다보면 꽃의 모양도 독특해 한참을 바라보게 만드는 매력이 있다. 꽃을 자세히 보면 얼마나 귀엽고 앙증맞은지 그 어떤 디자이너도 이런 모습을 만들기는 어려울 것 같다.

시골에 내려와 처음 이 꽃을 봤을 때 부모님께 이름을 물으니 '달개비'라고 하셨다. 달개비로 도감을 찾으니 닭의장풀이라는 정식 이름이 있었다. 어른들은 어릴 적부터 편하게 부르던 식물 이름이 있는 것 같다. 도감을 찾아보면 다른 이름일 경우가 종종 있는데 편하게 부르는 이름들이 더 정겹고 입에 착 붙는 경우가 많다. 그래서 오래도록 다른 이름으로 전해지는 듯하다.

달개비라고 많이 불리는 이 식물의 이름은 닭의장풀이다. 시골집마다 닭을 키우는 곳이 많아 그 닭장 주위에서 잘 자라는 이 식물을 보고 닭의장풀이라고 불렀다는 얘기도 있고 위로 솟은 푸른 꽃잎이 닭벼슬 모양을 닮아서 붙여졌다고도 한다. 닭장 주변에 살다가 이름도 닭의장풀이 되었다니 이름에 주소가 적혀 있는 듯 재밌게 느껴진다.

닭의장풀은 꽃잎(화피)이 세 장인데 선명한 푸른빛의 꽃잎이 위로 두 장이고 아래쪽엔 반투명한 흰색의 꽃잎이 한 장 있다. 암술과 수술의 모양도 참 독특하다. 마치 장난감 조각처럼 유독 노랗고 귀여운 모습을 한 수술이 눈에 띈다. 수술은 모두 여섯 개인데 장난감 조각처럼 보이는 짧은 수술 세 개는 네 개로 갈라진 모양으로 무늬만 수술인 헛수술이다. 곤충의 눈에 잘 띄도록 한껏 멋을 부린 모습이다. 아름다운 꽃잎과 헛수술의 유혹을 어찌 그냥 지나칠 수 있을까. 이렇게 오밀조밀 정성을 들인 닭의장풀의 모습에서 삶에 대한 애정과 간절함이 전해지는 듯하다. 내가 만약 곤충이라면 그 내민 작은 손을 잡아주고 싶은 마음이다.

애써 꽃을 피워내는 닭의장풀은 의아하게도 꽃잎이 벌어지기 전

이미 자가수분을 거의 마친 폐쇄화다. 유전자의 다양성보다는 개체 수의 증가에 더 초점을 맞춘 삶의 방식을 택한 듯하다. 닭의장풀의 꽃은 아침에 피고 햇살이 아주 뜨거운 오후에는 꽃잎이 녹듯이 다물어진다. 꽃이 피어 있는 시간도 짧고 꽃도 작아 수분에 어려움이 있을 거라는 판단에 자가수분을 택한 듯하다. 대나무를 닮은 줄기의 마디마다 뿌리를 내리고 번져가니 줄기의 번식력도 개체 수를 늘리는 데 한몫한다.

작은 생명들은 최대한 무리 지어 피어나 서로에게 기대어 그 생명을 이어나가려고 애쓴다. 이미 수분이 끝난 꽃을 애써 피우는 이유는 뭘까? 꽃에게도 수분이라는 목적을 뛰어넘는 자아실현의 욕구가 있는 걸까? 자가수분이 덜 된 마지막 꽃 하나라도 놓치지 않고 다양성을 확보할 수 있는 타가수분을 하려는 식물의 간절함일지도 모르겠다는 생각이 든다. 식물들의 삶은 단순한 듯하지만 더 자세히 들여다보면 그 안은 살아남기 위해 치열하기 그지없다. 살아간다는 건 늘 치열함을 품고 있다. 눈에 덜 띄는 작은 생명에게도 예외는 없다.

작은 꽃들이 모여 푸른 물결을 이루는 아름다운 꽃, 닭의장풀과 마주하려면 꽃 앞에 몸을 낮춰 최대한 가까이 다가가야 한다. 빠른 걸음으로는 지나칠 수도 있는 작은 들꽃이지만 그 걸음을 잠시 멈추고 꽃 앞에 고요히 머물러보는 것은 어떨까. 그렇게 닭의장풀과 마주한 그 시간, 꽃이 만들어낸 파란 바람을 느낄 수 있다면 얼마나 좋을까. 닭의장풀을 볼 때마다 아직 이 꽃을 만나지 못한 누군가에게 얼른 소개해주고 싶은 마음이 든다.

다행히 닭의장풀은 우리 가까이 흐드러지게 피어나는 들꽃이라 이 꽃을 찾아 아주 멀리 길을 나서지 않아도 된다. 꽃 피는 시기도 길어서 짧게 피어 시기를 놓치면 볼 수 없는 아쉬움을 남기지도 않는다. 늘 우리 곁에 있었는데 오히려 너무 흔해 지나쳤을지도 모른다. 흔하다는 말이 아름답지 않다거나 소중하지 않다는 말이 아님을 다시 되뇌며 나도 순간순간 놓치고 있는 것은 없는지 흔한 풀, 닭의장풀을 그리며 이런저런 생각에 잠긴다.

얼음 조각 백만 개쯤 꽃잎에 머금고 '더워야 가라'를 아주 작고 귀엽게 외치는 듯한 닭의장풀이 오늘따라 더 사랑스럽게 느껴진다. 그 작은 외침에 오늘도 풀밭엔 파란 바람이 분다.

닭의장풀

닭의장풀과

Commelina communis L.

식물과 더불어 산다는 것

해당화(겹해당화)

내 작은 화단에는 나보다 먼저 이곳에 터를 잡고 살아가는 해당
화가 있다. 처음 해당화꽃을 봤을 때의 느낌이 아직도 생생하게
남아 있다. 핫핑크. 어쩜 이렇게 '찐한' 분홍꽃이 피는지. 은은한
꽃을 좋아하는 내게 해당화의 첫인상은 너무나 찐했다. 이제 막
이사 와서 아직 내 취향의 어떤 꽃도 심지 않은 상태였는데 찐분
홍의 해당화라니. 그때의 취향으로는 분명 내가 먼저 선택해서
심지는 않았을 듯하다. 그런 내 맘도 모르고 해당화는 천진한 얼
굴로 먼저 인사를 건넨다. 잠깐이지만 찐한 첫인상에 깜짝 놀란
게 미안해진다.

작업실 마당 입구에 있는 계단을 따라 매해 해당화가 피어났다.
늘 오가는 길에 마주하니 시간이 갈수록 자연스럽게 정들기 시

작했다. 그리고 점점 더 예뻐 보이기도 했다. 해당화의 다정한 인사에 점점 마음이 간 모양이다.

처음 이사했을 때는 허리가 아파서 당장 화단에 뭘 심을 수 있는 처지가 아니니 내가 수고하지 않아도 꽃 피는 해당화에 고마운 마음도 들었다. 빈 화단이어서인지 해당화가 쑥쑥 잘 번져갔다. 계단 쪽에서 화단 안으로까지 해당화가 점점 번져갔다. 가시도 많고 키도 1미터가 넘게 자라 입구 앞에서 점점 무성해져 조금은 걱정스러웠다. 그래서 생각 끝에 화단 울타리로 번져나갈 수 있도록 자리를 다시 잡아주었다.

그리고 그 울타리 안으로 작은 꽃들을 하나둘 심기 시작했다. 숲으로 둘러싸여 있는 곳이라 화단으로 고라니가 들어오는 것도 막을 겸 해당화의 가시에 기대보기로 했다. 자연 그대로 있을 땐 잘 번졌는데 화단 안으로 들어온 해당화를 캐서 울타리 자리로 옮겨주니 조금 더디게 번져나갔다. 해당화가 성근 곳으로는 여전히 고라니가 들어오지만 곧 풍성한 울타리가 되어 화단에 심은 꽃들을 든든히 지켜주리라 기대해본다.

내가 해당화를 처음 본 건 산으로 둘러싸인 이곳 화단에서다. 해당화는 다 같은 모습인 줄 알았다. 몇 해 전 강원도 바닷가로 여행을 갔었는데 그곳에서도 해당화를 만났다. 우리 집 해당화 열매와 닮은 열매가 어찌나 주렁주렁 달려 있던지 반가운 마음에 가까이 다가갔는데 열매 크기가 우리 집 열매보다 훨씬 커서 같은 해당화가 맞는지 의아할 정도로 다른 모습이었다.

해당화의 '해'는 바다 '해海'로 바닷가 모래땅에 주로 피어나는 꽃이다. 도감에는 산기슭에도 핀다고 쓰여 있다. 바닷가에 사는 해당화가 언제부터 산기슭에도 살게 되었는지는 잘 모르지만 씨앗은 어디든 갈 수 있으니 뿌리 내린 곳이 바닷가가 아니어도 새로운 환경에 잘 적응하며 살아간다.

숲으로 둘러싸인 우리 집 마당에 살고 있는 해당화는 이곳 초록 친구들과 어느새 한 가족이 되어 잘 어우러져 살아간다. 드넓은 푸른 바다를 보며 자란 해당화와 초록으로 가득한 숲을 보며 자란 해당화는 각자 뿌리내린 곳에서 다른 생육 조건 속에 살아가지만 어디에서든 아름다운 원래의 모습과 향기를 잃지 않는다.

해당화는 꽃잎이 다섯 장인데 우리 화단의 해당화는 꽃잎이 겹꽃으로 풍성하다. 꽃잎엔 조금씩 꾸깃거리는 주름이 잡혀 있고 잎에도 작은 맥들이 선명하게 굴곡이 져 잔주름들이 가득하다. 종소명에 루고사rugosa는 잎에 주름이 많아 붙여진 이름이다. 잎은 작은 여러 장의 잎이 하나의 잎을 이루는 홀수깃꼴겹잎으로, 짙은 초록빛이다. 꽃도 잎도 주름이 많은 해당화를 그리는 일이 쉽지는 않다. 더 가까이 더 자세히 들여다보며 해당화의 모습을 잘 전달할 수 있었으면 하는 마음으로 그려본다.

해당화는 은은하면서도 독특한 향기를 지니고 있다. 향이 워낙 좋아 향수의 원료로도 사용된다. 나는 향수를 사용하지 않지만 화단에서 뿜겨져 나오는 향기는 언제나 환영이다. 화단에 쨍한 '찐분홍빛' 꽃이 피면 정신이 번쩍 난다. 상큼한 기운을 몰고 오는 느낌이다. 인공적인 색이 아닌 흙에서 피어오른 자연의 빛깔이라 볼수록 예뻐 보인다. 가랑비에 옷 젖듯 어느새 해당화의 모습과 향기에 푹 빠져버렸다.

작업실로 가는 3분 출근길, 오늘도 오랫동안 한결같이 나와 나의 화단의 꽃들을 품어주는 해당화의 품으로 들어선다. 식물의 씨앗은 새를 따라 더 먼 곳으로 이동하며 새로운 삶을 열어갈 마음의 준비가 되어 있다. 새로운 곳에서 적응하고 또 꽃을 피워내기까지 오롯이 그 시간을 견뎌낸다. 그 마음을 읽어주고 식물을 다시 바라보면 어떨까. 오랜 시간을 함께한다고 다 정이 드는 것은 아닌데 식물은 시간과 비례해 점점 더 정이 든다. 언제나 그 자리에 아름답게 피고 지는 식물들의 한결같은 마음 덕분이다.

해당화

장미과
Rosa rugosa Thunb.

4

가을
Autumn

쉬어가면 더 멀리 갈 수 있어

음나무 잎

숲은 매일 변해간다. 단 하루도 같은 모습으로 머물지 않는다. 숲에서는 시간이 참 빠르게 흘러간다. 아름다운 빛깔로 숲을 가득 물들이던 단풍도 잠시, 가을의 나무는 그동안 자신을 키워온 잎들을 하나둘 떨굴 준비를 한다.

나무는 잎을 떨구기 전 잎에 남아 있는 양분들을 다시 제 몸으로 거둬들이고 나서야 나뭇잎을 놓아준다. 그래도 나뭇잎은 불만이 없다. 하늘에서 땅으로 미련 없이 내려와 이번엔 나무의 겨울 이불이 되어준다.

나뭇잎은 마지막까지 살뜰히 나무를 챙긴다. 나뭇잎은 자신만 보호하는 것이 아니다. 수명을 다한 후에도 곤충들의 집이 되어주고 땅속에 사는 생명들도 보살핀다. 긴 시간 서서히 분해되어 흙으로 돌아간 나뭇잎은 다시 나무가 된다. 이렇게 순환하는 나뭇잎이 다시 제 발치로 내려앉는다는 건 얼마나 큰 행복일까. 가을 숲은 하늘 높이 뻗어 올린 가지마다 갈색의 마른 잎들로 가득하다. 찬 바람이 불기 시작하면 나무는 가지와 나뭇잎 사이에 떨켜(낙엽이 질 무렵 잎자루와 가지가 붙은 곳에 생기는 특수한 세포층)를 만들어 나뭇잎과 이별할 준비를 한다. 겨울잠에 들기 전에 그동안 나무를 키워낸 잎을 모두 내려놓아야 추위로부터 생명을 지킬 수 있다. 바람이 불 때마다 조금씩 흩날리던 마른 잎들이 거센 바람에 일제히 가지에서 분리된다. 그 소리가 어찌나 크던지 깜짝 놀라 고개를 들어보니 머리 위로 셀 수 없이 많은 잎이 소낙비처럼 쏟아진다.

바람에 이리저리 날리며 내려앉은 낙엽은 세월의 고단함도 함께 안고 내려앉는다. 땅 위로 내려온 많은 낙엽 중 내 손바닥만 한 크기에 여러 갈래로 갈라진 모양의 잎이 눈에 띈다. 하늘 높이 반짝이던 나뭇잎은 이제 숲길을 가득 채우고는 그 길을 걷는 나에게 '안녕' 하고 다정한 인사를 건넨다. 기다란 잎자루는 무슨 사연이 있는지 푹 꺾여져 살짝 쓸쓸함도 묻어난다. 이 낙엽은 숲에서 흔히 만날 수 있는 음나무의 잎이다. 시골에서는 주로 엄나무, 개두릅나무라고도 불리는데, 가시가 많은 두릅나무과의 나무다. 굵은 가지엔 도깨비방망이처럼 험상궂은 가시들이 돋아 있다. 사람들은 음나무의 가시가 악귀를 쫓아주길 바라며 마당에 심기도 했다.

하지만 이 가시는 그저 자신을 동물들로부터 지키기 위한 방어 수단일 뿐이다. 나무는 자신을 탐내는 동물들로부터 스스로 보호하기 위해 온 힘을 다해 가시를 만든다. 그리고 무시무시한 가시들 사이로 다정한 잎을 키워낸다.

애써 지켜낸 잎도 스스로 놓아야 할 때가 있다. 계절을 거듭하며 나무들은 잎을 움켜쥐지 않아도 된다는 것을 알게 되었다. 놓아야 할 때 미련 없이 놓아야 새로운 다음을 맞을 수 있다는 걸 깨달은 것이다. 짐작도 할 수 없는 혹독한 야생의 삶을 나무들은 고비마다 지혜로운 방법으로 묵묵히 견디고 살아낸다.

가을의 끝자락, 바스락거리는 낙엽 밟는 소리가 좋아서 오늘도 일부러 숲길을 걷는다. 오늘은 숲을 관찰하기보다는 고요한 숲길을 그저 조용히 걷고 싶은 마음에 길을 나선다. 바스락바스락. 고요한 숲에 울려 퍼지는 발자국 소리에 계절과 함께 걸어온 들뜬 마음이 차분히 가라앉는다. 아침마다 내려앉은 찬 공기는 아름다운 서리꽃을 피워낸다. 눈부신 서리꽃이 당분간 볼 수 없는 꽃을 대신해 아쉬움을 달래준다. 꽃이 필 때 덩달아 바빴던 지난 계절을 뒤로하고 나도 나무처럼 이고 있던 묵은 잎을 내려놓고 잠시 멈춰 숨 고르기를 해야겠다. 가을이 주는 선물 같은 시간이다.

음나무 잎

두릅나무과
Kalopanax septemlobus (Thunb.) Koidz.

그 누구도 아닌 나만의 것

가막살나무

가을 숲은 겨울이 오기 전, 지나온 계절들을 열매에 담아내느라 바쁜 시간을 보낸다. 애써 피워낸 꽃이 열매가 되는 기적 같은 순간이다. 이 열매들은 다음 해에 숲과 들의 새 식구로 다시 태어난다. 자신만의 '때'에 저마다의 모양과 빛깔로 꽃을 피우고 열매 맺는 일을 묵묵히 해내며 점점 숲을 푸르게 키워낸다.

가을을 더 가까이 만나러 오늘도 산책길에 나선다. 숲길은 어느새 가을빛으로 물들어 꽃이 피었던 자리마다 열매가 가득하다. 조금 걷다 보면 토실하게 영근 빨간 열매가 시선을 끈다. 늘 산책길에 한번씩 멈춰 서서 꽃도 보고 열매도 보며 여러 해 인사를 하며 지내는 나무다.

그런데 엉뚱하게도 여태껏 이름을 잘못 알고 있었다. 한 치의 의

심도 없이 확신에 차서 머릿속에 덜펑나무로 입력해놓아서 매해 만나도 눈이 가려진 모양이다. 그저 '나중에 그려야지'라고만 생각하고 꼼꼼히 살피지 않아서 생긴 일이다. 그리려고 마주하고 나서야 그동안 다른 이름으로 알고 지내왔다는 것을 알게 되었다. 그동안 이름은 잘못 알고 있었지만 꽃 필 때마다, 열매 맺을 때마다, 나도 함께 기뻐했던 것은 진심이다. 그 마음은 그 식물의 이름을 알지 못해도 생겨나는 자연스러운 마음이다. 모든 식물의 이름을 어찌 단번에 다 알 수 있을까.

식물도 사람처럼 오랜 시간 함께해야 이름도 삶도 조금은 알 수 있는 관계가 되어간다. 사람의 인연이 그렇듯 식물도 먼저 알게 되는 식물이 있고 오랜 시간 곁에 있어도 늦게야 알게 되는 식물도 있다. 이렇듯 누군가에게 의미 있는 존재가 되는 순간도 다 각자의 때가 있다.

식물을 그리려면 공부를 많이 해야 한다. 하지만 시험 공부하듯 자연을 대하고 싶지는 않다. 식물을 대할 때마다 나는 그 식물을 나한테 온 편지처럼 읽는다. 그 편지엔 식물이 내게 들려주고 싶은 이야기들이 담겨 있다. 추운 겨울을 견딜 수 있었던 지혜, 봄을 맞이했을 때 누구보다도 설레는 마음을 고이고이 꽃으로 피워낸 순간의 기쁨, 가장 왕성하고 치열할 수밖에 없는 성장기의 여름을 숨 가쁘게 달려온 열정, 그 모든 계절을 소중히 품

은 가을의 열매. 식물은 각각의 존재마다 반가운 편지처럼 내게
말을 건넨다.

오래도록 덜꿩나무로 알고 있던 나무의 진짜 이름은 가막살나무
였다. 아주 작은 꽃들이 다닥다닥 붙어 피어나는 꽃차례를 보고
덜꿩나무라 여기며 살았다. 실제로 가막살나무와 덜꿩나무는 꽃
이 피는 모습이 비슷해 헷갈린다는 사람들이 많다고 한다. 자세
히 보니 꽃도 잎도 열매도 하나도 닮지 않았다. 이제 그럴 때가
되었는지 산책길에 만난 빨간 열매가 유독 윤이 나게 반짝였다.
꽃이 피어 있던 자리마다 열매가 보석처럼 박혀 있다.
나는 가막살나무와 덜꿩나무를 헷갈렸지만 나무들은 그렇지 않
다. 자기의 모습을 정확히 알고 한 치의 흐트러짐 없이 사계절을
거치며 자신이 되어간다. 그 나무가 맺은 꽃과 열매는 그 누구의
것이 아닌 꼭 그 나무의 것이다.

가을에 빨갛게 익는 가막살나무 열매는 겨울까지 나무에 달려
새들의 양식이 되어준다. 인기 있는 열매여서 일찍 품절되기도
한다. 산책길에서 내가 만난 가막살나무의 열매는 얼마 지나지
않아 새와 함께 멀리 날아가버렸다. 우체부인 새가 건네는 열매
한 알 한 알엔 누군가 읽게 될 또 하나의 편지가 쓰여 있다.

가막살나무 열매와 잎

인동과

Viburnum dilatatum Thunb.

맑은 마음을 전하다

고마리

몇 년 전까지 부모님은 이곳에서 복숭아 농사를 지으셨다. 나도 여러 해를 복숭아 농사를 도우며 자칭 객원 농부로 지냈다. 과수원은 숲에서부터 시작되었는데 비탈진 자리여서 햇빛이 골고루 드는 밭이었다. 그 밭을 따라 시냇물이 흘러서 식물들이 살아가기엔 더없이 좋다.

과수원으로 출근하는 날엔 시냇가에 사는 식물들과 매일 인사를 나누느라 출근 시간이 길어지곤 했다. 새로 만나는 식물들이 늘 반갑고 궁금했다. 밭일을 나가도, 논일을 나가도 작물과 함께 자라는 다른 식물들에게 더 관심을 기울이느라 두 배로 바쁜 날들을 보냈다.

시냇물을 따라가면 커다란 가래나무가 있는데 그곳엔 호두를 닮은 가래나무 열매를 먹기 위해 부지런히 움직이는 청서가 있다. 지나다가 눈이 마주치면 혹시라도 내가 탐낼까 봐 초록 열매를 가슴에 품고서는 재빠르게 내달린다.

청서와의 만남을 뒤로하고 걷는 시냇가엔 터질 듯이 봉긋하게 바람을 머금은 물봉선이 가득하다. 각자의 시간표대로 피고 지는 시냇가의 식물들 사이로 고마리의 초록 잎들이 수북하게 퍼져 있다.

여름이 끝나갈 무렵, 자신의 차례를 묵묵히 기다리던 고마리가 드디어 꽃을 피운다. 시냇가나 습기가 있는 땅에 무리 지어 피어나는 고마리는 고만고만한 작은 꽃들이 피어 처음엔 그리 눈에 띄지 않는다. 스쳐 지나칠 만큼 작고 잔잔하지만 나는 이 사랑스러운 고마리를 무심히 지나칠 수가 없다. 아주 작은 꽃들이 나를 불러세워 발길을 멈추고 마주하게 된다.

고마리는 통통하게 생긴 모양이 한 송이처럼 보이지만 사실은 여러 송이의 작은 꽃들이 모여 있는 모양이다. 가까이 다가가 자세히 들여다보는 순간, 아기자기하고 정교한 모습에 감탄이 절로 난다. 색깔도 다양한데 꽃 뭉치가 온통 분홍인 꽃도 있고 꽃봉오리 끝마다 분홍빛이 묻어나는 꽃도 있다. 흰 꽃도 있고 꽃마다 조금씩 빛깔이 다르다. 뾰족한 꽃봉오리들이 모여 있는 모습이 귀여워 자꾸만 시선이 머문다. 그 작은 꽃봉오리들이 하나둘 꽃을 피우면 꽃덮개(꽃받침)는 다섯 개로 갈라진다. 그 안에는 수술이 여덟 개나 들어 있고 암술머리도 세 개나 있다. 작은 꽃도 소홀히 하지 않고 가꾸는 고마리가 대견하다. 그 모습을 보며 작은 일에 자꾸 소홀해지는 나를 반성하기도 한다. 이처럼 식물은 나를 다시 돌아보게도 해주고 다시 신발 끈을 묶고 씩씩하게 앞으로 걸어가도록 힘을 주기도 한다.

시냇물 따라 피어나는 고마리는 어느새 우리 집 우물 주변에도 퍼져 가을을 잔잔하게 수놓는다. 물가에 피어나는 고마리는 시냇물을 풍부하게 공급받아 갈증 없는 삶을 보낸다. 시냇물의 보살핌에 보답하듯 고마리는 자신이 뿌리내린 곳의 물을 맑게 변화시킨다. 수많은 가닥으로 갈라진 잔뿌리를 깊이 내려 물에 녹아 있는 오염물질인 질소와 인을 영양분으로 흡수하여 물을 차츰 정화시킨다. 자신이 살아가는 곳만큼은 맑게 변화시킬 수 있다니 고마리는 참 멋진 삶을 사는 식물이다.

이제 점점 눈이 침침해져 작은 꽃을 그리기는 어렵지만 자꾸 마음이 가는 고마리를 이번엔 꼭 그려보고 싶었다. 고마리의 씨앗은 눈을 밝게 해주는 시력 개선 효과도 있다는데 꽃을 그리는 내내 내 눈을 하트로 만들어놓아 예쁜 필터를 끼운 듯 사랑스럽기만 하다.
고마리의 맑은 마음이 그림에 담기길 바라본다. 그리고 그 마음이 그림을 보는 이에게 전해지길 바라본다. 나도 그림으로 그만

큼의 변화를 꿈꿔본다. 스케치북에서 다시 피어난 고마리에게서 맑은 시냇물 소리가 들리길 바라며, 오늘도 나는 이 작은 풀꽃과 마주한다.

고마리

마디풀과

Persicaria thunbergii (Siebold & Zucc.) H.Gross.

변함없이 내 자리를 지킨다는 것

노박덩굴

여느 때처럼 작업실 마당을 지나 화단을 끼고 산책길로 접어든 순간, 땅에 떨어져 있는 귀여운 열매가 보였다. 다가가 자세히 보니 노란 세 개의 껍질이 젖혀져 있는 사이로 맑은 주황빛 씨앗이 동그랗게 자리하고 있다. 노박덩굴 열매를 도감에서 처음 봤을 때 꼭 누가 만들어놓은 것처럼 아기자기한 모습에 반해 실제로 보고 싶었는데 바로 내 화단 주변에 살고 있었다. 열매가 드러나기 전까지 어쩜 그렇게 조용히 살아가는지, 가을이 되어서야 만나는 열매는 또 어쩜 그렇게 반짝이는지. 나는 늘 노박덩굴이 열매를 맺을 때가 돼서야 알아본다.

노박덩굴은 정작 꽃이 피어 있을 때에는 잘 보이지 않다가 늦가을이 되어서야 선명한 빛깔의 열매로 그 존재를 알린다. 그제야 여기에 노박덩굴이 자라고 있었음을 깨닫는다.

보통 한 식물을 알게 되면 그 식물을 만난 계절부터 사계절의 모습을 관찰하게 된다. 그런데 이상하게도 노박덩굴은 다른 계절엔 찾아보지 않다가 매번 열매가 먼저 말을 걸어야 보게 된다. 노박덩굴의 꽃이며 잎이며 도감을 찾아 다시 꼼꼼히 들여다봐도 막상 푸르른 날엔 내 눈에는 잘 띄지 않는다. 다른 나무를 감고 올라가는 덩굴성 나무인데 아마도 다른 무성한 잎들과 섞여 내 눈에는 잘 띄지 않은 듯하다.

노박덩굴을 만나려면 열매가 있던 장소를 계절 따라 꾸준히 찾아가면 되는데 막상 예쁜 꽃들로 가득한 봄, 여름에는 다른 식물들 만나고 그리느라 노박덩굴에게 시간을 내지 못하기도 했다. 무엇보다 노박덩굴이 아직은 익숙하지 않아서다.

꽃으로 먼저 만나면 잎과 열매를, 열매로 먼저 만나면 꽃과 잎을 자연스럽게 같이 익히게 되는데 노박덩굴은 꽃과 잎, 열매가 하나로 연결되지 않는다. 늘 가을 열매로만 기억될 뿐이다.
노박덩굴은 숨바꼭질 선수이기도 하다. 튀지 않는 초록 꽃과 초록 잎으로 무장하고 무성한 초록 숲속에 숨어 조용히 열매가 되는 꿈을 꾼다. 이렇게 고운 열매를 맺느라 아무에게도 방해받고 싶지 않았는지 열매가 다 익도록 그 모습을 쉽게 보여주지 않는다.

그림을 그리다 보면 조용히 오래도록 혼자 있고 싶은 마음이 간절하다. 아무에게도 방해받지 않고 오롯이 그림 그리기에 집중하고 싶다. 그래서 내 눈에만 띄지 않는 노박덩굴의 마음을 조금은 이해할 수 있을 것 같다.

나는 우스갯소리처럼 숨은 고수가 되고 싶다고 말하곤 한다. 장난처럼 말하지만 진심이다. 어릴 때부터 조용히 혼자 있는 것을 좋아했다. 숨는 것은 언제나 어렵지 않았다. 지금 살고 있는 곳도 내겐 조용히 숨어 살 수 있는 곳이다. 선택의 순간마다 나는 내게 더 잘 어울리는 곳으로 자연스럽게 흘러왔다. 숨는 것은 이루었으니 이제 고수가 되고 싶다. 아무도 나를 방해하지 않는 이곳에서 나만의 시간표대로 자연과 함께 살아가며 나만의 열매를 맺어가고 싶다.

요즘은 소통이란 이유로 자신의 하루를 자발적으로 모두에게 공개한다. 많은 사람이 자신을 알아봐주길 바라며 모든 순간 무엇을 먹었는지 무엇을 입었는지 무엇을 가졌는지 더 화려하게 더 과장되게 자신을 드러내며 소통을 말하지만 그들 사이에 어떤 대화가 이루어졌는지는 알 수 없다. 그래도 다행인 것은 정말 건강한 소통을 원하는 사람들이 존재한다는 것이다.

삶이 아름답게 반짝이는 사람들은 조용히 존재한다. 요란한 하루는 열매를 맺지 못하고 허공에 흩어져버린다. 열매는 다른 생명을 먹인다. 그리고 생명을 살린다. 그 과정을 지켜보며 열매를 맺는 일이 사람에게도 식물에게도 얼마나 귀한 일인지 새삼 돌아보게 된다.

숨는다는 건 더 이상 내 것이 아닌 것에 기웃거리지 않고 자신의 자리에서 깊이 가라앉는 것이 아닐까. 익어가는 것이 아닐까. 묵묵히 내 자리를 지킨다는 것 역시 그 말과도 같은 말이 아닐까.

내게만 애써 숨은 노박덩굴을 올해도 열매로만 만나야겠다.

노박덩굴

노박덩굴과

Celastrus orbiculatus Thunb.

시간이 주는 선물

다래

엄마의 화단 입구엔 잎과 열매가 온통 초록으로 가득한 덩치 큰 다래가 살고 있다. 이 화단엔 워낙 많은 종류의 꽃들이 피고 지니 초록 잎만 가득했던 다래의 존재를 처음엔 알아차리지 못했다. 그저 화단을 감싸고 있는 울타리 나무로만 생각했고 그 화단 안쪽에 살고 있는 화초들에 더 눈이 갔었다. 아직 알지 못하는 꽃들이 많을 때라 화단에서 만나는 새로운 꽃들을 알아가기에도 바쁜 날들이었다.

그렇게 다래에게 무심했던 내게 어느 가을날 엄마가 초록 열매를 몇 개 건네주었다. 키위를 닮은 우리 토종 다래라는데 열매를 반으로 잘라보니 그 조그만 초록 열매 안에 정말 키위처럼 까만 씨앗이 들어 있었다. 그렇게 어느 날 갑자기 오랫동안 화단에 살고 있던 다래를 새삼 알게 되었다.

다래는 열매가 달아 '달애'에서 '다래'라는 이름이 붙여졌다. 키위는 껍질을 먹지 못하지만 다래는 껍질째 먹을 수 있다. 다래는 풋대추만 한 크기라 여러 개를 먹어야 키위 하나 먹은 양이 되지만 껍질을 까지 않아도 되는 편리함과 겉과 속이 같은 초록이라 상큼함이 매력이다.

다래는 효소나 술로도 담그고 생과일로도 먹는데 열매를 따는 시기가 조금 다르다. 효소나 다래주, 차는 7~8월에 덜 익은 열매로 만든다. 생과일로 먹으려면 9~10월쯤 단단했던 열매가 약간 물렁해질 때가 좋다. 이때 먹으면 새콤달콤해 맛있다. 덜 익었을 때 따서 후숙해 먹어도 된다.

초록 과육 사이로 까만 씨앗이 동그랗게 박혀 있어서 그냥 볼 때보다 반으로 잘랐을 때 더 키위와 닮았다. 맛도 있고 무엇보다 귀여운 모습에 자꾸 반하게 된다. 나무 전체에서 상큼함이 묻어나는 듯하다. 껍질까지 함께 먹는 다래는 껍질에 항산화 성분이 많이 들어 있다고 한다. 그 밖에도 비타민과 섬유질이 풍부하고 위장병에도 도움이 된다고 한다.

아직 숲에서는 다래를 만나지 못했다. 깊은 숲에 있다는데 아직까지 찾지는 못했다. 우리 집 다래는 엄마가 동네 분에게 얻어 와 심은 나무인데 집에 오는 손님마다 다래를 보고 너무 반가워하신다. 나는 도시에서 자라 다래를 처음 봤는데 유년 시절을 시골에서 보낸 이들에게 다래란 어릴 적에 간식으로 먹었던 추억의 열매인 듯하다. 우리 집에서 다래를 만나는 사람마다 어릴 때 먹어 봤다며 반가워하니 말이다. 나에겐 처음 보는 나무인 다래가 누군가에겐 '추억의 나무'라는 생각을 하자 갑자기 엄마에겐 어떤 추억이 있을지 궁금해졌다.

엄마에게 언제 다래를 심은 건지 물어보니 12년쯤 되었다고 한다. 무릎을 조금 넘는 크기의 다래 묘목을 동네 이웃분에게 얻어다 심은 지 6년쯤 되었을 때 꽃이 피고 열매를 맺었다고 한다. 내 손에 쥐어 줬던 다래 몇 알이 우리 집 다래의 첫 열매였다는 걸 오늘 엄마와 얘기하며 알게 되었다.

그리고 다래와 함께했던 엄마의 추억 한 조각도 들을 수 있었다. 엄마가 어릴 때 외할아버지는 산으로 나무를 하러 가셨다고 한다. 그때는 나지막한 산에 나무가 많지 않아서 숲속 깊이 들어가야 그나마 땔감이 될 나무를 구해 올 수 있었다고 한다. 그렇게 깊은 숲속으로 나무를 하러 가신 외할아버지가 도시락을 드시고 그 빈 도시락통에 숲에서 만난 다래 열매를 담아 오셨고 가족들은 그 다래를 간식으로 맛있게 먹었다고 한다.

지금 엄마가 심은 다래의 열매와 그때 외할아버지가 따 온 다래 중 어떤 게 더 맛있냐고 물으니 당연히 외할아버지가 주신 다래가 더 맛있다고 한다. 그때는 지금처럼 간식이 다양하지 않았으니 자연이 내어주는 열매가 최고의 간식이었을 것이다. 맛있는 간식이 많아진 요즘도 그 사실은 변함이 없다.

다음 해에는 나도 작업실 근처에 다래를 한그루 심어보고 싶다. 새콤달콤한 초록빛 다래를 수확해 친구와 지인에게 선물해주고 싶다. 너무 귀엽다며 미소 지을 그들의 얼굴을 떠올려본다. 그리고 깊은 숲에서 스스로 뿌리를 내린 다래도 만나보고 싶다.

다래의 봄, 여름, 가을, 겨울을 그림으로 담으려고 봄부터 더 유심히 다래를 바라보았다. 다래의 겨울눈은 숨어 있는 눈(은아)으로 가지 속에 있다. 그래서 겨울에 아무리 가지를 들여다봐도 겨울눈을 찾을 수 없다. 겨울눈의 위치를 알고 싶다면 봄에 움트는 새순을 기다려보면 된다. 집 앞 화단 입구에 살고 있는 다래는 덩굴성 나무로 가지들이 길게 늘어지기도 하고 하늘로 춤을 추듯 낭창낭창 뻗어나가기도 한다.

줄기에서 나온 잎들은 잎자루가 붉은색을 띠어 선명한 인상을 준다. 줄기 밑으로 미색의 꽃이 피는데 수술 꽃밥은 검정색으로 꽃을 더욱 돋보이게 한다. 꽃은 금세 수정되어 초록 열매들이 대롱대롱 풍성하게 열리고 가을에 수확할 수 있다.
꽃은 양성화와 수꽃이 딴그루로 우리 집 나무는 양성화가 피어 열매를 맺는다. 수꽃만 폈다면 열매 맺은 나무를 찾아 헤매야 했을지도 모르겠다.

창덕궁 후원에 있는 다래는 천연기념물로 지정되어 있고 수나무로 600년을 넘게 살아가고 있다고 한다. 아직 한참 어린 12살의 우리 집 다래는 지금도 숲처럼 덩치가 큰데 앞으로 별 탈 없이 몇백 년을 산다면 얼마나 더 울창한 모습으로 자라날까 궁금하기만 하다.

다래는 나보다 오래 살아 또 누군가에게 달콤한 추억이 되어줄 테니 다래나무가 살아갈 긴 세월에 미리 고맙다는 말을 전하고 싶다.

다래 열매

다래나무과
Actinidia arguta (Siebold & Zucc.) Planch. ex Miq.

우린 하나하나 모두 꽃

산국

계절은 빠르게 흘러 가을이 점점 깊어간다. 논마다 벼들이 노랗게 익어가고 산과 들엔 산국이 노랗게 피어난다. 소박한 모습과 그윽한 향기를 머금은 들국화들이 가을 바람에 흔들리며 피어난다.

산국은 우리나라 숲 둘레길과 들에 자생하는 여러해살이풀이다. 국화과인 산국의 꽃은 한 송이처럼 보이지만 사실은 수많은 혀꽃(설상화舌狀花, 한 꽃에 있는 꽃잎이 서로 붙어 아래는 대롱 모양이고 위는 혀 모양의 꽃으로 국화, 민들레, 코스모스, 해바라기 등이 있다.)과 통꽃(꽃잎이 서로 붙어서 한 개의 꽃잎을 이루는 꽃으로 진달래, 도라지꽃 등이 있다.)으로 이루어져 있는 꽃다발이다. 한 송이에 아주 많은 꽃송이를 품고 있다.

꽃잎처럼 보이는 부분만 꽃이 아니라 그 안에 원형을 이루는 꽃밥처럼 보이는 부분도 모두 각각의 꽃이다. 이렇게 많은 꽃송이들이 모여 어떤 꽃은 사람 얼굴만 한 해바라기가 되었고 어떤 꽃은 손톱만큼 작은 산국이 되었다.

산국은 봄부터 다른 풀들 사이로 조금씩 자라나 묵묵히 가을로 걷는다. 내가 이곳에서 처음 산국을 만난 건 작업실 옆에 있는 논가에서였다. 논둑에 소담스럽게 피어 있는 꽃들이 하도 귀여워 가을 내내 산국을 들여다보고 또 들여다보니 산국도 향기로 먼저 반가운 인사를 건네주었다.

시골로 내려오고 예쁜 꽃들에 둘러싸여 지내다 보니 자연스럽게 꽃차에도 관심을 갖게 됐다. 산국을 조금 채취해 처음으로 꽃차를 만들었다. 동글동글하게 만들어진 산국 꽃차를 작은 유리병으로 하나 가득 담고 차를 우려 마시며 찻잔에서 다시 피어난 꽃을 보며 가을을 누려보기도 했다. 잔에 노란 꽃들이 다시 피어나면 얼굴에 미소가 번지는 마법 같은 꽃차. 산국은 내게 그렇게 따스하게 다가와준 꽃이다.

시골에서의 삶이 내게 평안을 가져다주었고 더불어 몸도 조금씩 회복되면서부터 다시 시골과 서울을 오가며 몇 년을 지냈다. 일터가 서울에 있었는데 아직은 하루 안에 왕복으로 외출할 수 있는 체력이 아니었다. 그래서 세밀화 수업이 있는 날엔 전날 서울에 도착해서 다음 날 수업을 하고 그다음 날 시골로 내려오곤 했다. 두 시간의 수업을 위해 3일의 시간을 쓰곤 했다.

처음엔 수업 시간을 여행을 간다는 마음으로 다녔고 그렇게 7년쯤 안성과 서울을 오가며 지냈다. 어찌 보면 그 시간 동안 체력이 조금은 단련되기도 한 것 같고 한편으론 체력이 고갈되어가는 느낌도 들었다. 차창 밖으로 펼쳐지는 풍경을 바라보며 여행 삼아 다니던 수업에도 조금씩 지쳐갔고 언제까지 안성과 서울을 오가며 지낼 수 있을까 생각하니 문득 오고 가는 시간을 내려놓아야겠단 마음이 들었다. 무엇보다 시골에서 자연과 함께하는 시간이 점점 더 소중해지면서 3일씩 이곳을 떠나 있을 때마다 놓치게 되는 숲에서의 하루가 아쉽게 느껴졌다.

더 이상 이 숲을 떠나지 않기로 마음먹고 오랫동안 일해왔던 곳과 이별을 했다. 그렇게 한시도 떠나고 싶지 않았던 자연의 품으로 아주 돌아오게 되었다. 드디어 긴 여행을 마치고 이곳에 뿌리를 내리게 된 것이다.

나무와 나무처럼, 사람과 사람 사이에도 일정한 거리가 유지되어야 건강하게 자랄 수 있는데 그동안의 삶은 사람과 사람의 거리가 너무 좁은 삶이었다. 점점 그 거리가 너무 좁게 느껴질 때쯤부터 이상한 증세가 생겼다. 만원 버스를 타면 그 안에 산소가 모자란 것처럼 숨이 잘 쉬어지지 않아 한강 다리를 건널 때까지 겨우 참았다가 다리를 건넌 후엔 바로 내려서 집까지 몇 정거장을 걸어가곤 했다. 그때는 그게 무슨 증상인지도 몰랐고 버스에서 내리면 괜찮아져서 걷고 또 걸었던 기억이 난다.

시골로 내려와서 제일 먼저 좋아진 것은 사람과 사람 사이에 심리적으로 안정된 거리가 생겼고 탁 트인 하늘과 들 덕분에 숨이 쉬어진 것이었다. 답답했던 증상도 자연스레 사라졌다.

들에 핀 꽃들은 큰 숨을 쉬며 살아간다. 파란 하늘을 지붕 삼아 살아가는 들꽃들은 비와 바람과 새와 곤충들의 다정한 친구다. 나도 그들과 함께 큰 숨을 쉰다. 산국은 사람이 살 만한 곳에 피어난다고 한다. 이곳이 내게 살 만한 곳이라고 산국이 다정히 말해주어 마음이 놓인다.

동글동글 귀여운 산국과 마주 앉아 한 송이, 한 송이 아니 한 다발, 한 다발, 작은 꽃들을 그려본다. 자신에게 꼭 맞는 자리에 있을 때 건강하게 살아갈 수 있음을, 뜨거운 가을볕에도 서리 맞은 초겨울에도 웃음 짓는 산국을 보며 다시 한번 깨닫는다.

산국

국화과
Chrysanthemum boreale (Makino) Makino.

함께 기대어 순하게 살아가는 길

새팥

작업실 화단엔 내가 선택해서 심은 꽃들과 남들이 잡초라 말하는 들풀들이 사이좋게 함께 살아간다. 심어놓은 식물을 더 보호하고 가꾸려면 옆에 자라나는 풀들을 뽑아주어야겠지만 나는 그 식물들을 다 뽑을 만큼 부지런하지도 못하고 사실 그들을 다 뽑아야 된다고 생각하지도 않는다. 물론 화단이니 어느 정도 개입은 필요하지만 서로에게 크게 해가 되지 않는다면 그냥 두는 편이다.

그리고 너무 깨끗이 뽑아주면 오히려 맨흙이 드러나 땅이 더 쉽게 건조해지고 빈 땅엔 다음 차례를 기다리던 풀씨들이 재빨리 자리를 잡아 순식간에 그 자리를 다시 채운다. 풀을 뽑는다는 게 과연 누구를 위한 일인지…. 나도 지치고 풀도 지치는, 뽑고 뽑히는 치열한 현장이다.

같은 공간을 공유하며 피고 지는 숲과 들의 식물들을 보며 화단에서의 식물들의 삶도 마찬가지겠다는 생각에서 한발 물러나 그들의 조율과 적응을 바라보는 여유를 갖게 되었다. 이렇게 나의 화단은 무질서해 보여도 때가 되면 다들 기특하게도 자기 자리에서 꽃을 피운다.

화단엔 같이 있어도 잘 자라는 식물들이 있고 같이 있어서 다른 식물을 힘들게 하는 식물도 있다. 그런 식물만 화단에서 뽑아주는데 식물의 성장이 워낙 빨라 어느 시점에서는 그마저도 두 손 들어버릴 때가 많다. 솔직히 말하자면, 나는 이렇게 아름다운 날, 너무 많은 시간을 풀을 뽑는 데 바치고 싶지 않다. 온갖 꽃과 잎들이 가을볕으로 풍성해지는 모습을 풀 뽑느라 놓치는 일은 결단코 하지 않을 것이다.

하지만 이런 나의 결연한 의지를 꺾고, 결국 나를 항복시킨 식물들이 있다. 바로 가시박과 칡이다. 가시박은 줄기에 가시가 촘촘히 나 있고 꽃에는 털처럼 미세한 가시들이 가득 붙어 있어 다른 식물들을 감고 있을 때 떼어내기가 겁이 난다. 가시에 쓸리면 아프기도 하다. 장갑이나 옷에 미세한 털들이 붙지 않도록 주의해야 한다.

칡은 없는 곳이 없는 화단의 무법자다. 숲에 둘러싸여 있는 화단이다 보니 숲에 사는 칡이 작은 화단까지 내려와 감아올릴 식물을 찾아 줄기를 뻗는다. 칡의 의지가 얼마나 대단한지 다른 나무를 이미 감고도 또 감을 나무를 찾아 줄기 끝이 허공에 둥둥 떠서는 다음 나무에게 가려고 애를 쓴다. 여의치 않을 땐 땅을 기어서라도 감을 나무를 찾는다. 기어가는 줄기들은 서로 다른 곳으로 향하고 있어서 바닥에 격자 무늬의 선을 그어놓기도 한다. 화단의 나무들을 감고 올라가기 전에 손을 쓰지 않으면 칡의 기세를 꺾을 수가 없다. 숲에 둘러싸인 곳에서 화단을 가꾸기란 생각보다 힘들지만 그래도 심어 놓은 꽃들을 지켜줘야 하니 올해는 더 바지런히 움직여보도록 노력해야겠다.

칡처럼 화단에서 환영받지 못하는 덩굴 식물도 있고 같이 살아가도록 내버려두는 덩굴 식물도 있다. 그 행운의 주인공은 바로 나비를 닮은 노란 꽃을 피우는 새팥이다. 참나리나 원추리처럼 줄기가 가늘고 긴 식물들을 타고 올라간 새팥은 그 줄기가 워낙 가늘어 애써 감은 줄기를 끊기가 미안해진다. 화초에게 크게 해가 되지 않을 때는 간간이 남겨두어 같이 자라게 둔다. 감아 올라간 줄기는 붉은색을 띠어 새팥이 걸어가는 길이 뚜렷이 보인다.

노란 꽃은 달팽이관처럼 독특한 형태이다. 콩과인 새팥은 꽃이 지고 나면 기다란 초록 꼬투리가 생기는데 익으면서 검은색으로 변하고 꼬투리가 비틀려 터지면서 씨앗이 멀리 날아간다. 빈 꼬투리의 모양도 내 눈엔 다 예쁘기만 하다. 새순이 올라와 다른 식물에 기대어 줄기를 감아올라갈 때도 위협적이지 않다. 나의 화단에서 함께 살아가는 들풀, 새팥에게 점점 마음이 간다.

처음 식물을 그렸을 때는 아무래도 꽃이 가장 식별하기 쉽고 그리기도 예쁘니 꽃을 중심으로 그림을 그리게 되는데 사계절을 가까이서 함께 살아가다 보면 그 식물의 반짝이는 다양한 순간들을 마주하게 된다. 그 순간들을 그림에 더 담고 싶다. 누구나 알수 있는 보편적인 모습 너머에 식물이 살아가는 모습들을 그림을 통해 보여주고 싶다. 식물의 다양한 순간들을 함께할수록 그림에 담을 이야기도 풍부해진다. 그 순간들을 알아볼 수 있는 마음의 눈이 더 깊어지길 바란다.

가녀리고 작은 새팥에겐 놀라운 반전이 있다. 지금 우리가 먹고 있는 팥이 새팥을 개량해 만들었다는 사실이다. 내게만 놀라운 일일까. 팥죽을 먹는 사람 중에 새팥을 아는 사람은 많지 않을 듯하다. 식물 중엔 사람에게 더 이로운 방향으로 개량된 식물들이 많이 있다. 우리도 식물에게 이로운 방향으로 살아가고 있는지 작은 새팥에게 물어보면 어떤 대답을 할까.

새팥

콩과
Vigna angularis (Willd.) Ohwi & H.Ohashi
var. *nipponensis* (Ohwi) Ohwi & H.Ohashi.

사계절의 색을 모두 품다

신나무 단풍잎

아침저녁으로 이제 제법 쌀쌀한 가을바람이 불어온다. 숲으로 둘러싸인 작은 마을이라 계절의 변화가 더 가까이 느껴진다. 울창했던 초록 숲에 하나둘 다른 빛깔이 스며든다. 숲은 하루가 다르게 가을빛으로 물들어간다.

나무를 키우기 위해 바삐 움직였던 초록 잎들도 분주했던 여름을 뒤로하고 쉬어갈 수 있는 가을이 온 것을 내심 기뻐하는 눈치다. 이제 나뭇잎은 제일 편한 옷으로 갈아입고 평온한 가을을 맞이한다.

우리는 단풍을 울긋불긋 물이 든다고 말하지만 사실은 초록일 때가 오히려 엽록소에 의해 물이 든 것이고 광합성을 멈추며 엽록소가 사라진 자리에 가려져 있던 본래의 울긋불긋한 색이 드러나는 것이다. 순서가 어떻든 그래도 단풍은 곱게 물이 들어간다. 치장할 것 없는 내 모습 그대로 잠시 쉬어가는 계절, 꾸미지 않은 모습이 더 예쁘다는 말이 단풍나무에게 더 잘 어울린다. 숲은 다시 봄처럼 빨강, 노랑꽃이 피듯 울긋불긋 물들어가지만 그 빛깔은 산뜻했던 봄과는 다른 따뜻함을 품고 있다.

가을 단풍은 꽃처럼 아름다워 단풍철을 두 번째 봄이라 말하기도 한다. 봄꽃이 필 때처럼 숲은 또 한 번 사람들을 자연의 품으로 불러 모은다. 봄꽃은 설렘을 가져다주고 가을 단풍은 그윽함을 가져다주는 것 같다. 마음 한 편에 이상하게 쓸쓸한 바람도 불어온다.

'단풍나무' 하면 손바닥 모양으로 갈라진 잎을 제일 먼저 떠올리게 된다. 단풍은 잎이 곱게 물드는 현상을 이르므로 단풍나무 말고 다른 나무들도 단풍이 든다. 숲의 사계절을 더 가까이 만나고부터 나무 이름을 하나하나 알아가며 많은 단풍나무들을 만나게 되었다. 그중 신나무의 단풍이 유난히 아름다웠던 해, 어떤 만남이 유난히 기억에 남는다. 숲길을 걷던 중 나뭇가지에 있던 몇 개의 잎이 햇살을 받으며 바람에 나부끼는 모습이 어찌나 시선을 사로잡던지, 신나무가 이렇게 예쁜 빛깔을 품고 있는지 새삼 느끼게 된 순간이었다.

잎이 세 갈래로 갈라져 있긴 하지만 갈라진 모습이 제각각이다. 잎 하나하나마다 단풍 드는 모습도 독특하게 느껴졌다. 잎에 새겨진 빛깔들이 만들어낸 무늬가 참 아름답다. 잎맥을 사이에 두고 조각조각 서로 다른 빛깔로 서서히 물들어간다. 그 모습에 반해 숲에 사는 신나무를 찾아가 발치에 떨군 낙엽들 중에 몇 개를 골라 집으로 데려왔다. 예쁜 잎들 중에 더 마음에 드는 잎을 고르느라 애를 먹었다. 어쩌면 고른다는 게 무의미할 정도로 다 예뻐서 나뭇잎을 딱 3장만 그리기엔 아쉬운 마음이 들었다. 그래서 신나무 단풍잎을 가을마다 꾸준히 그려봐야겠다는 생각이 들었다. 매해 같은 나무를 찾아가 그 나무가 내어주는 잎을 그리며 나만의 방법으로 더 가까이 만나고 싶다.

단풍나무의 꽃은 개화 시기가 짧고 잘 안 보여서 꽃 피는 봄에는 그냥 지나치기가 쉽다. 잎이 붉게 물든 가을이 되어서야 꽃보다 더 큰 관심을 받는다. 단풍은 낮과 밤의 기온차가 클수록 더 아름다운 빛깔로 물들어간다.

설렘으로 피어나던 연초록빛의 잎에서 나무를 성장시킨 진초록빛의 잎으로, 그리고 가을에 드러난 본래의 빨강, 노랑 빛깔로 잎은 계속 변한다. 사계절 다른 빛깔처럼 보이지만 그 모두가 '나'였다고 덤덤히 말해주는 듯하다.

초록 잎처럼 싱그러웠던 날들이 지나고 이제 나도 인생의 가을을 맞게 되었다. 이 계절, 내 모습은 어떤 빛깔로 물들어 있을까. 여전히 오늘이 처음인 내게 또 하나의 빛깔을 만들어낼 하루가 시작되었다. 주어진 하루하루 작은 조각들을 모아 아름다운 단풍처럼 물들어가고 싶다.

수백 년을 살아가는 나무는 살아온 날만큼 알록달록 다양한 빛깔을 품고 마침내 삶이 아름다웠노라고 말하고 있는 듯하다. 그 빛깔이 조용히 나를 토닥여준다. 가을 숲이 아름다운 이유를 어렴풋이 알 것 같다.

신나무 단풍잎

단풍나무과

Acertataricum L. subsp.*ginnala* (Maxim.) Wesm.

photo essay

숲의 사계절

나무를 키워낸 초록이 조용히
퇴장하는 가을이 오면
처음으로 제 빛깔을 한 잎들이
가을을 물들인다. 그렇게
숨 가쁘게 달려온 나무에게
겨울이라는 쉼표의 계절이
돌아왔다.

나무는 이 봄이 지나갈 것을 알며
다시 새로운 봄이 올 것을 안다.

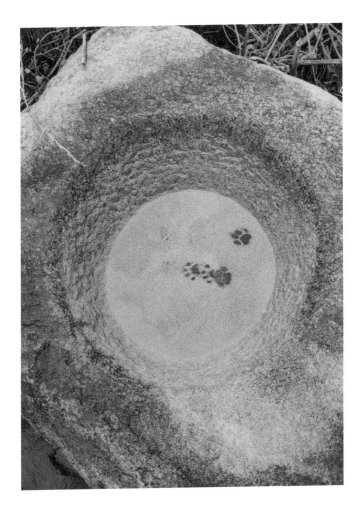

겨울은 언제나 혹독하지만 지나온 겨울을
그저 힘들었다고만 말할 수 있을까.
그 시간을 통해 잠시 쉬어가기도 하고
다시 새 힘을 얻기도 하며 나로 살아가는 법을
배운 시간이었으니 말이다.

봄이다. 나도 이제 계절을
힘차게 걸어갈 마음의 준비를
한다. 숲과 함께 걸어갈
사계절을 생각하니 기대에
차오른다.

오랜 시간 동안 무수히 많은
씨앗들이 일군 봄. 그 속에서 나는
또 그다음 봄을 기대해본다.

모든 계절의 시작은 늘 설레지만
특히 긴 겨울 끝에 맞이하는 봄이
가장 설렌다.

주변의 생명들이 잘 살아가기를
바라는 마음은 식물도 나도 같은
마음인 듯하다. 언제나 서로에게
힘이 되어줄 수 있는 사이가 될 수
있길 바라며 나는 매일 한 걸음씩 더
자연의 품으로 걸어 들어간다.

여름이 깊어갈수록 숲은 더욱 짙은
초록으로 가득해진다. 멀리서 숲을
바라보면 세상의 모든 초록을
다 모아놓은 듯 온통 초록 물결로
넘실거린다.

가장 밝은 초록에서 검정에 가까운
어두운 초록까지 여름숲에서
만나는 초록의 다양함과 싱그러움에
하루하루가 가슴 벅차다.

숲에는 식물만 깃들어 사는 것이
아니다. 사계절을 온몸으로 함께
겪으며 살아가는 모든 생명들이
서로 기대어 살아간다.

숲은 매일 변해간다. 단 하루도
같은 모습으로 머물지 않는다.
아름다운 빛깔로 숲을 가득
물들이던 단풍도 잠시,
가을의 나무는 그동안 자신을
키워온 잎들을 하나둘
떨굴 준비를 한다.

애써 지켜낸 잎도 스스로
놓아야 할 때가 있다. 계절을
거듭하며 나무들은 잎을
움켜쥐지 않아도 된다는 것을
알게 되었다. 놓아야 할 때
미련 없이 놓아야 새로운
다음을 맞을 수 있다는 걸
깨달은 것이다.

바빴던 지난 계절을 뒤로하고 나도
나무처럼 이고 있던 묵은 잎을 내려놓고
잠시 멈춰 숨 고르기를 해야겠다.
가을이 주는 선물 같은 시간이다.

찬란한 가을, 숲속을 걸으며
열매를 맺는 일이 사람에게도
식물에게도 얼마나 귀한 일인지
새삼 돌아보게 된다.

산국은 사람이 살 만한 곳에
피어난다고 한다. 가을은 깊어지고
산국은 이곳이 살 만한 곳이라고
다정히 말해준다.

아침마다 내려앉은 찬 공기가
아름다운 서리꽃을 피워낸다.
눈부신 서리꽃이 당분간 볼 수 없는
꽃을 대신해준다.

편집자의 말

"사랑은 행동, 소유, 사랑이 아니라
존재에 만족하는 능력이다."

_에리히 프롬,《우리는 여전히 삶을 사랑하는가》중에서

정경하 작가를 처음 만난 것은 텔레비전 다큐멘터리 프로에서였
다. '친애하는 나의 숲'이라는 제목이었는데 "당신에게는 당신만의
숲이 있습니까?"라는 내레이션에 홀리듯 텔레비전 앞에 앉았다.

한창 지쳐 있을 때였다. 일흔 중반의 아버지는 암 투병 중이셨고,
코로나 이후 아이를 어린이집에 보내지 못하는 날이 늘어 막막
한 상황이었다. 여자 나이 마흔. 어디에 머물기도, 나가기도 힘든
나이였다. 결국 20여 년의 직장생활을 마무리하고 나는 잠시 멈
추게 되었다. 물처럼 시간이 그저 흘러만 가던 그때 우연히 보게
된 다큐멘터리에서 흘러나오는 낙엽 밟는 소리와 햇살에 반짝이

던 초록잎들이 이 책의 시작이었다.

들꽃의 살아내라는 응원을 들으며 숲속을 걷던 작가의 이야기는 매주 한 편씩 메일로 도착했다. 정경하 작가가 숲속에서 보내는 편지에는 숲의 계절뿐만 아니라 숲에서 살며 사랑한 한 사람의 사계절도 담겨 있었다.

조용히 꽃 필 때를 기다리는 마음, 햇볕을 찾아 이리저리 몸을 뒤틀며 자라나는 소나무를 보는 마음, 나무에 깃들어 살던 딱따구리 둥지에 새로 이사 온 개구리를 보는 마음이 글에 고스란히 녹아 있었다. 그리고 '사랑'은 어떤 것을 소유하는 것이 아니라 존재 그 자체만으로도 행복한 것임을 작가님의 이야기를 통해 알 수 있었다.
무엇보다 일상의 숨구멍이 필요할 때 우리가 숲을 찾는 이유를 깨닫게 되었다. 글을 읽을수록 하나의 새싹이 잎을 내고 꽃을 피우고 열매 맺기까지의 과정이 귀하게 느껴졌다. 그리고 작가님이 매주 숲에서 보내는 편지가 기다려졌다. 그렇게 2년 가까이 오가던 숲속에서의 이야기를 책으로 엮었다.

숲이 주는 위안, 그 안에서 삶을 일구는 이야기가 나를 더 깊이, 살게 했다. 사느라 살아내느라 뒤도 앞도 돌아보지 못하던 이들에게 정경하 작가가 보내는 숲의 '숨'과 '쉼'을 전하고 싶다.

참고문헌

- 국립수목원 국가생물종지식정보시스템(www.nature.go.kr)
- 김진석, 김태영, 《한국의 나무》, 돌베개, 2018년
- 김진석, 김종환, 김중현, 《한국의 들꽃》, 돌베개, 2018년
- 이동혁, 《화살표 풀꽃 도감》, 자연과생태, 2019년
- 김성환, 《꽃 해부 도감》, 자연과생태, 2020년
- 윤주복, 《겨울나무 쉽게 찾기》, 진선books, 2021년
- 이광만, 소경자, 《나뭇잎 도감》, 나무와문화연구소, 2017년

흙에 발 담그면 나도 나무가 될까
식물세밀화가 정경하의 사계절 식물일기

© 정경하, 2024

1판 1쇄 인쇄 2024년 3월 15일
1판 1쇄 발행 2024년 3월 25일
지은이. 정경하
펴낸이. 권은정
펴낸곳. 여름의서재
디자인. studio ftttg
등록. 제02021-92호
주소. 서울시 은평구 구산동 서오릉로 267
전화번호. 0502-1936-5446
이메일. summerbooks_pub@naver.com
인스타그램. @summerbooks_pub
ISBN. 979-11-982267-4-7 03810
값. 17,800원

여름의서재는 마음돌봄을 위한 책을 만듭니다.
함께 아프고, 함께 공감하고, 함께 성장합니다.

독자 북펀드에 참여해주신 모든 분께
감사의 마음을 전합니다.

Chloe	김혜경	여가로운삶	조빈아
JRim	나들이	연경순	쥬연슈갱소다
TouChiU터치유	도정선	오래된미래	코요
고미	매화마름	오혜영	파랑탕수육
곽원정	민토리숲	유형상	하나
권미정	바다아빠	윤남귀	한정수
권소정	바람돌이	윤소라	행달이
권영아	박보경	윤우주	행복한 성현
권혜정	박소행	은경은경	허혜란
금동혁	박송이	이경희	호야예주원우혜경사랑
김도원	박유진	이미애	홍일영
김도현	박정훈	이민경	황단비
김리연	박지영 테클라 이로	이유진	황엄지
김명옥	배상일	이윤정	
김명진	배숙	이정욱	
김민지	배순학	이진선	
김보람	보헤미안	이혜림 모니카	
김수향	블루모드 윤	임영미	
김여진	사랑해 원우야	임은정	
김원선	산나그네	장대헌	
김은경	선정 서희 준	장영진	
김재식	성장	장주영	
김정애	신병무	전정일	
김종경	신지애	전혜수	
김중기	신혜선	정성우	
김지은	심신행복	정승화	
김태우	심재수	정은하	
김태형	안성경	정지영	
김향수	안주영	제니오빠 손훈기	
김형자	엄현정	조미양